Anne Fine

Die Stein-Menagerie

Roman

Aus dem Englischen von Karin Polz

Diogenes

Titel der 1980 bei
Methuen Children's Books Ltd
erschienenen Originalausgabe:
›The Stone Menagerie‹

Umschlagillustration:
Henri Rousseau, ›Le Rêve‹, 1910
(Ausschnitt)

Für Doris Reeves

200/89/8/1
ISBN 3 257 01833 9

1

Ally stand in der Teestube des Krankenhauses am Fenster, wippte auf den Absätzen, die Hände zu Fäusten geballt, und dachte über den Krach mit seiner Mutter nach. Verglichen mit einigen ihrer früheren Streitereien war es nicht so schrecklich gewesen, das wußte er, aber trotzdem nagte es ziemlich an ihm. Er fand, daß sie ungerecht und verletzend und taktlos war und nicht die geringste Rücksicht auf seine Gefühle nahm.

Er konnte nicht aufhören, immer wieder daran zu denken, und fühlte sich elend, kindisch und schuldig. An schlechten Tagen ging es ihm so. Sie brachte es dann mit nur wenigen scharfen, kritisierenden Worten fertig, daß er sich mies fühlte; an einem guten Tag fielen die gleichen Worte ihm nicht einmal auf.

Er wollte nicht zurück zu seinem Stuhl gehen. So stand er also am Fenster, seine Nägel gruben sich in die Handflächen, während er böse auf ihr schimmerndes Spiegelbild in der Scheibe starrte und versuchte, sich nicht anmerken zu lassen, daß sie ihn wieder einmal nahe an die Tränen gebracht hatte.

Er sah, daß sie ihn jetzt in Schutz nahm, eine Entschuldigung dafür suchte, daß er seinen Stuhl so mürrisch und abrupt vom Tisch weggeschoben und dabei die Hälfte des Inhalts ihrer Teetassen Tante Chloe in den Schoß gekippt hatte.

»... nur eine von seinen Launen«, flüsterte sie seiner Tante zu, als wäre es überhaupt nicht der Rede wert, während sie mit Servietten und Papiertaschentüchern an dem nassen Kleid herumwischte. »Ich bin sicher, er wird sich bald wieder beruhigt haben.« Aber sie schaute ständig besorgt über die Schulter, um in derselben Scheibe, in der er ihr finstere Blicke zuwarf, sein erbostes Gesicht zu kontrollieren.

Er weigerte sich, kehrtzumachen und wieder an den Tisch zu kommen, aber er brachte es fertig, versöhnlich mit den Schultern zu zucken, sobald seine erste Wut verraucht war. Sie sah es und antwortete ihm via Tante Chloe: »Es war nicht *nur* seine Schuld.«

Ally seufzte leise, lockerte seine Finger und steckte die Hände wieder in die Hosentaschen. Es gehörten zwei Schritte dazu, sich nach einem Streit wieder okay zu fühlen, und dies war der erste: sie war nicht mehr wütend auf ihn.

Es war schwerer, nicht mehr wütend auf sie zu sein.

Irgendwie hatte sie recht, wenn sie von »einer seiner Launen« sprach. Obwohl die Gefühle, die er hatte, nicht ungewöhnlich für ihn waren, kamen sie jetzt mit einer Heftigkeit, die ihm früher fremd gewesen war, und ließen *ihn* als den Streitsüchtigen erscheinen.

Wenn sie früher einen Streit angefangen hatten, war es immer sie, die auf ihm herumhackte. Sie war immer diejenige, die sich beklagte, nörgelnd herummarschierte oder schrie. Wenn man ihn in Ruhe ließ, fühlte Ally sich immer großartig.

Während der letzten Monate hatte Ally gespürt, daß die Dinge sich veränderten; jetzt war sehr häufig er es, der scharfe Worte benutzte oder den angespannten Frieden brach oder sich einem ihrer Pläne widersetzte. Er konnte nicht mehr ertragen, daß jemand anders über Teile seines Lebens bestimmte, und obwohl sie es gut meinte und oft recht hatte, wünschte er sich nur, sie würde ihn in Ruhe lassen.

Und doch, an manchen Tagen kamen sie gut miteinander aus. An anderen aber hatte er das Gefühl, sie baue Käfige um ihn herum und reiche ihm dann Korinthenbrötchen durch die Gitter. An solchen Tagen konnte sie nicht die kleinste

Bemerkung machen, ohne daß er sich völlig aufgewühlt fühlte und am liebsten davongelaufen wäre.

Er träumte davon, zur See zu gehen. Er wußte, daß er festsaß, mit der Schule, den Prüfungen und der Flöte, aber er träumte trotzdem davon fortzufahren, außer Sicht, wie Columbus. Irgendwie tröstete ihn das immer.

Er ließ sich auch jetzt davon trösten. Er wippte auf den Absätzen, die Hände in den Taschen, und starrte aus dem Krankenhausfenster über die weiten Rasenflächen, als seien es unbekannte Meere. Ein Shanty, das er auf der Flöte eingeübt hatte, kam ihm in den Sinn, und er pfiff es leise vor sich hin, etwas fröhlicher jetzt, während seine Blicke über das ganze Grundstück wanderten und seine Stimmung allmählich stieg.

»Siehst du?« hörte er, über das Shanty hinweg, das leise Flüstern seiner Mutter. »Es geht ihm jetzt besser, Chloe. Er pfeift. Wir können uns beruhigen.«

Er richtete die Blicke wieder auf ihr Spiegelbild in den hellen, blitzblanken Fensterscheiben. Sie wirkte überhaupt nicht beruhigt. Sie beugte sich vor, gerade aufgerichtet und völlig verkrampft auf dem harten Stuhl der Teestube, und tätschelte ihrer geisteskranken Schwester die Hand. Ally fragte sich, zum x-tenmal, warum sie Tantchen

Chloe immer noch besuchten. Er sah den Sinn nicht. Er hatte es noch nie getan. Sie hatten jeden Sonntag verschwendet, dachte Ally, seit er vier war und ihr Geist angefangen hatte, sich zu verwirren. Worin lag der Sinn, mit einem Gespenst zu sprechen? Es gab keinen. Sie würde es nicht einmal merken, wenn sie alle drei nicht mehr kämen.

Er seufzte wieder und vergaß sein Seemannslied. Sein Blick verlor sich. Die grauen und verzerrten Spiegelbilder seiner Eltern verschwammen, und an ihre Stelle trat die weite Fläche wuchernden dunkelgrünen Gestrüpps draußen hinter dem See. Und noch etwas anderes.

Ally preßte die Stirn fest an die Fensterscheibe und starrte hinaus. Er hatte jeden Sonntag Dutzende von Malen aus diesem Fenster geschaut und dort unten nie jemanden gesehen, aber er wußte, daß er sich nicht irrte. Selbst von dort, wo er stand, so weit weg und so viel höher oben, sah er die kleine Gestalt ganz deutlich.

Sie stand weit drüben an der überwachsenen Seite des Sees, zwischen den massigen Brombeersträuchern. Er konnte sich nicht vorstellen, wie sie dahin gekommen war. Er hatte es seit Jahren jeden September versucht und war jedesmal umgekehrt, zerstochen, verdreckt und die Socken voller Dornen.

Sie hatte es besser gemacht als er, das war klar, und jetzt legte sie einen Garten an. Die kleine ferne Gestalt, die sich hin und wieder aufrichtete, um ihren gebeugten Rücken zu strecken, und sich dabei umschaute, legte einen Garten an, wo niemand sonst jemals hinging und den nur die Patienten in diesem Flügel von der Teestube aus sehen konnten.

Es war nicht gerade ein sehr sinnvoller Ort für einen Garten, dachte Ally. Und sie trug die unmöglichsten Kleider. Sie hatte einen langen, weiten Rock an, der bei jeder Bewegung herumflatterte und gegen ihre Knöchel schlug und dessen Falten sich in ihrer Forke verhedderten und dann mit einem Ruck befreit werden mußten. Aber trotzdem arbeitete sie stetig vor sich hin und schaffte eine Menge.

Es war nicht das Umgraben, das Ally wunderte. Schließlich arbeiteten viele der Patienten im Garten. Und an der anderen Seite des Crispin-Hospitals, hinter den durchhängenden Geräteschuppen, lagen mehrere große, gepflegte Gemüsebeete, in denen alles in Reihen wuchs und die von zahlreichen kleinen, fröhlichen Blumenbeeten umgeben waren.

Es war der ungewöhnliche, abgelegene Platz, der Ally veranlaßte, sie so aufmerksam zu beobachten und sich zu fragen, ob er dorthin kommen könnte, und wer von den Patientinnen sie sein mochte.

»Ally, geh nach unten, wenn du möchtest«, sagte hinter ihm seine Mutter. Er richtete den Blick für einen Augenblick wieder auf sie, weil er dachte, sie könnte es auch gesehen haben. Natürlich hatte sie nicht. Niemand hatte. Sie saßen alle da und tranken ihren Tee. Man mußte *Ausschau halten*, wie Seeleute es tun, um so weit in die Ferne zu blicken.

Er nickte der Fensterscheibe gehorsam zu und starrte durch sie hindurch, noch immer völlig in Anspruch genommen.

Gerade in diesem Augenblick bewegte die winzige Streichholzfigur sich zur Seite. Sie beugte sich mit wehenden Röcken hinunter und griff nach einem Stein oder etwas anderem, das er nicht deutlich erkennen konnte und das sich störrisch zwischen den dünnen Zinken der Forke eingeklemmt hatte. Sie trat zur Seite und warf es weit über die Heckenrosen- und Brombeersträucher, die sie von allen Seiten umgaben. Und Ally sah, hinter dem kleinen braunen Quadrat gerodeten, frisch umgestochenen Bodens, an dem sie heute arbeitete, ein anderes, älteres Stück.

Diesmal überraschte sie ihn wirklich. Sie hatte

ihren eigenen Namen angepflanzt und wachsen lassen.

Es war kein Irrtum möglich, so lange er auch mit großen Augen hinunterstarrte. Es war völlig, völlig eindeutig. In das weiter hinten liegende Stück hatte sie einen großen, dicken grünen Namen gepflanzt.

Sie mußte Tage gebraucht haben, um zu roden, umzugraben und zu pflanzen, dachte Ally, als er auf das ringsum wachsende Dickicht starrte. Sie hatte wirklich gute Arbeit geleistet. Vielleicht hatte sie es von Anfang an in Buchstaben ausgesät und wachsen lassen und dann die Ränder ausgejätet, bis es stimmte. Vielleicht hatte sie die fünf Stückchen ganz einfach als Quadrate angelegt und dann später an den Namen gedacht und sie zum Spaß auf diese Weise gelichtet.

Jetzt jedenfalls stand er dort, ein geheimnisvoller grüner Name, versteckt in der Wildnis jenseits des Sees. FLORA hatte sie gepflanzt.

Er lehnte sich auf den Fenstersims und sagte ihren Namen leise vor sich hin, um ihn auszuprobieren. Er fragte sich wieder, wer sie eigentlich war und wie sie es je geschafft hatte, dorthinzukommen. Sie mußte den Weg oft gemacht haben, um so viel zu arbeiten, aber sie hatte nicht die Andeutung eines Pfades zurückgelassen.

Er wollte sie suchen und kennenlernen und sich ihren Namen ansehen. Er wollte wissen, womit sie ihn gepflanzt hatte – war es Hahnenfuß oder waren es Rüben? Denn obwohl jeder Buchstabe sich von hier oben in Dicke und Höhe von den anderen unterschied, gab es keine Möglichkeit zu raten, was für Pflanzen es waren.

Er hoffte, daß sie jemand war, von der er wußte, daß es mit ihr ständig bergauf ging. Es könnte Miss Fawdry sein; sie trug diese langen Röcke. Oder die Dame, die in der Diele geweint hatte. Seinen Namen in Grün einzupflanzen, dachte Ally, war eine feine Sache: schon ein bißchen bekloppt, es allein zu tun, meilenweit weg von allem, aber sicherlich auf dem richtigen Weg.

Er würde schrecklich gern dort hinuntergehen und sich das ansehen.

»Nun *geh* schon«, sagte seine Mutter hinter ihm scharf. »Bald ist es schon wieder Zeit, *zurückzukommen.*»

Es fiel Ally schwer wegzugehen, einfach so. Er kam seit Jahren einmal die Woche her und hatte längst bemerkt, wie dünnhäutig einige Patienten waren, und wie ein harmloses Wort oder ein kurzer Blick etwas kaputtmachen konnte, an dem sie wochenlang gearbeitet hatten. Er hatte noch nicht den Nachmittag vergessen, an dem Tante Chloe geschrien und geschrien hatte und ihren perfekt gelungenen Hügel aus nassem, kaltem, klebrigem Ton wieder zu einer klumpigen Kugel zusammengedrückt und diese heftig in den Abfalleimer aus Plastik geworfen hatte, nur weil Allys Mutter auf »Schildkröte!« getippt hatte.

Er wollte Floras Namen nicht kaputtmachen. Sie hatte schon soviel Arbeit reingesteckt, und es mußte etwas sehr Persönliches sein, was sie veranlaßte, all ihre Arbeitsgeräte nach dort unten zu schleppen. Sie hätte auf dem ganzen Krankenhausgelände kaum einen verborgeneren Ort auswählen können.

Als er dort stand und versuchte, zu einem Entschluß zu kommen, brach die Sonne in dünnen silbernen Scheiben hinter einer grauen Wolkenwand hervor. Das Licht glitt über die Rasenflächen und weiter, hinunter zu dem mit Seerosen bedeckten See. Es ließ die kleinen, runden grünen Blätter aufleuchten und sie alle schimmern wie eine Schale voll glänzender Münzen. Die plötzliche Helligkeit fing seine Blicke ein und tat ihm in den Augen weh. Blinzelnd wandte er sich ab.

Als er wieder hinsah, stand jemand neben ihr. Ally konnte es kaum glauben. Er hatte den Kopf nur für einen Moment abgewandt; vorher hatte nichts auf eine andere Person hingewiesen. Wer es auch sein mochte – er war in Sekundenschnelle aus dem Nichts aufgetaucht und hatte einen Spaten in der Hand.

»Du könntest wirklich *gehen*«, sagte Allys Mutter hartnäckig und fügte sarkastisch hinzu: »Ich denke, zumindest wird da unten jemand sein, mit dem du *reden* kannst.«

Aus reiner Gewohnheit warf er ihr wegen ihres Rumkommandierens einen finsteren Blick zu, aber er war nicht mit dem Herzen dabei. Er hatte endlich einen Entschluß gefaßt.

Ally zog die Hände aus den Taschen und hielt die eine flach an die Stirn wie ein Seemann, um seine zusammengezogenen Augen vor der Sonne zu schützen. Er pfiff wieder sein Shanty, diesmal nicht mehr so leise. Er mußte sich Orientierungspunkte einprägen, bevor er seinen Ausguck verließ: ein toter Ulmenmast hier und ein weites Riff aus graugrünem Schilfrohr dort. Es könnte sich als schwierig erweisen, die arme schiffbrüchige Flora zu finden, wenn er erst unten auf den breiten rollenden Wogen flaschengrünen frischgemähten Rasens war und sie nicht mehr sehen konnte.

Und dann, nachdem er sicher war, daß er sich das Bild gut eingeprägt hatte, war er auch schon auf dem Weg: hinaus durch die Feuertür und weiter durch die Stationen des oberen Stockwerks.

Als er an ihrem Medikamentenwagen vorbeirannte, rief Dr. Barney ihm zu: »Hör *sofort* mit dem Gerenne auf!« Er verlangsamte gehorsam seine Schritte und sagte »Aye, aye, Sir« und salutierte dem Rücken ihres weißen Kittels, bis sie und Obermaat Schwester Beddowes um die nächste Ecke verschwunden waren.

Vorbei an Mr. Treadwell, der traurig aus seinem Lieblingsausguck auf der Treppe schaute, und an den Knäueln nervöser unsicherer Erstbesucher, die die neuen Kunstwerke der Patienten an den Wänden des zugigen Hauptdecks eifrig bewunderten. Ein Schubs gegen die Drehtür neben der vorderen Kabine und hinaus, hinaus auf den Rasen.

Er würde um das nähere, verwilderte Ende des großen ovalen Sees herumgehen müssen, denn über die Westseite wäre es viel zu weit, und sie hatten die Löcher im Zaun ausgebessert. Er folgte den Kieswegen, soweit sie in seine Richtung führten, weil man auf ihnen schneller vorankam, dann verließ er sie und lief den seitlichen Hang hinunter.

Schon jetzt ging es langsamer voran. Er war im tiefen Unterholz, zu weit vom Haus entfernt für gepflegte Wege oder auch nur ausgetretene Pfade. Er zog sich die Ärmel herunter, um seine Hände ein wenig vor den scheußlichen Brennesseln zu schützen. Seit Monaten war er nicht mehr hier gewesen.

Er kletterte rasch durch das große Loch im Drahtzaun hinter dem umgestürzten Weißdorn. Die Männer, die das Grundstück instand hielten, vernachlässigten auf ihren Runden dieses Stück Jahr für Jahr wegen der stachligen Kletten und der tückischen, hüfthohen Dornenbüsche. Weiter den steilen, nassen Hang hinunter zu dem schmalen, flachen Gürtel strahlenden Grüns, das aussah wie sorgfältig gepflegter, kurz gehaltener Rasen und ihn jedesmal täuschte.

Das mattenartige Laichkraut lag still und feucht da. Er fiel nicht darauf rein. Aber er war schon zweimal drauf reingefallen, vor Jahren, und mit ruhigen, freundlichen Platschern bis zu den Knien im Morast gelandet.

Diesmal blieb er plötzlich stehen und setzte sich in einiger Entfernung auf die Uferböschung, um nachzudenken.

Denn genau vor ihm, jenseits von zwölf Fuß feingesponnener verräterischer Grünfläche, zu tief und zu schlammig, als daß man hindurchwaten könnte, lag die Wildnis, auf die er Kurs genommen hatte. Entlang der Uferböschung lag in einer Richtung der See. Und in der anderen Richtung ein breiter, weiter Bogen von Morast, dem er schon oft genug vorher gefolgt war bis zur Grenzmauer, versessen auf all die Brombeeren auf der anderen Seite. Aber es führte kein Weg hinüber.

Flora jedoch hatte es geschafft. Und jemand anders auch. Das sagte Ally sich, stand sofort auf und machte sich auf den Weg entlang der Uferböschung.

Er kämpfte sich zweimal durch und wieder zurück. Sein dritter hartnäckiger Versuch ermüdete ihn. Auf einem matschigen Stück Hang, das er flachgetreten hatte, glitt er aus und rutschte, die Füße voran, nach unten. Weit und breit war nichts zum Festhalten in Sicht. Mit einem zornigen Schrei krümmte er sich hilflos nach hinten, in der Annahme, daß er den weichen, nassen Hang immer weiter hinunterrutschen würde, bis er hüfthoch im dunklen und trägen Wasser stände, umgeben von einem Saum leuchtend grüner treibender Wasserlinsen.

Es kam nicht dazu. Sein Abrutschen endete abrupt, als er bereits bis zu den Knöcheln in dickem, ekelhaftem Schlamm stak, und er lachte, als er sah, was ihn gerettet hatte: Seine durchnäßten Schuhe hatten auf einem verborgenen schleimigen Mauerwerk Halt gefunden. Er hatte endlich doch noch den einzigen Weg durch den Sumpf entdeckt.

Es waren die unter Wasser stehenden und auseinandergebrochenen Reste einer sehr alten

Brücke, die Ally im Wasser gefunden hatte, einer Brücke, die einst auch als kleiner, einfacher Damm diente und das Wasser während der trokkenen Monate im See hielt. Sie war wie eine breite Treppe angelegt, stellte Ally fest, indem er mit abgebrochenen Zweigen an dem glitschigen grünen Mauerwerk herumstocherte.

Der Wasserspiegel mußte sich seit dem Bau der Brücke an beiden Seiten sehr verändert haben, dachte er. Dann würden im Sommer, wenn es weniger regnete, einige der obersten Stufen hervorschauen und bald austrocknen, so daß man mühelos hinüberlaufen und die Früchte ernten, oder sich hinsetzen und die Fische an beiden Seiten füttern konnte. Aber im Spätherbst würde das Wasser steigen und langsam nach oben kommen, Stufe für Stufe, bis zu dem Tag, da es die Brücke schließlich überspülte, zuerst in kleinen schmalen Rinnsalen, dann in einem einzigen großen Schwall.

Und einen Tag später würde niemand vermuten, daß es auf der Böschungsseite Stufen gab. Genau wie heute würde jemand, der es nicht wußte, die alte Steinbrücke nicht gefunden haben.

Das hätte keiner geahnt, dachte er wieder und tauchte an beiden Seiten einen Finger ins Wasser und erzeugte zwei fast perfekte, größer werdende

Ringe. Das Wasser rundum stand jetzt. Es gab nichts, was das Geheimnis verriet. Das ganze Stauwasser lag völlig unbewegt, die Brücke eben unter der Oberfläche, überzogen mit gefiedertem, rutschigem Grün und braunem Laichkraut.

Ally begann hinüberzugehen, fast ohne nachzudenken. Der Stein unter seinen Füßen fühlte sich rutschig-glitschig an, selbst durch die quatschnassen Schuhe hindurch. An manchen Stellen zwangen eingebrochene Stellen ihn zu springen. Einmal, als er beinahe in Panik geriet, sagte er sich, daß er es nicht eilig habe – Flora würde noch dort sein.

Doch als er seinen letzten großen, schwachsinnigen Sprung über die Lücke im Laichkraut machte – einen Sprung, der das Ufer völlig verfehlt haben würde und ihn kopfüber im Morast hätte landen lassen –, war nicht sie es, sondern jemand anders, der ihn auffing und in Sicherheit ans Ufer brachte.

2

Flora saß weiter oben auf der Böschung, hinten in den dunkelgrünen Schatten.

»Eine sehr flinke Überquerung«, sagte sie gelassen. »Und gut, daß Riley dort war.«

Ally holte tief Luft und sah auf.

Sie saß mit gekreuzten Beinen und einem sehr geraden Rücken da, ihren vielfarbigen Rock um sich ausgebreitet wie eine Patchworkdecke. Sie hatte kleine Zweige und winzige Teilchen von vertrockneten Blättern in ihrem krausen Haar. Irgend etwas war um ihre Augen geschmiert, das Ally sofort auffiel, denn es ließ sie riesig erscheinen, viel blauer als seine eigenen und so rund und groß, wie man sich nur vorstellen konnte: schmutzig-schwarze Ringe, wie ein nachgedunkelter, einen Tag alter Bluterguß. Sie trug eine verblichene, ausgefranste blaue Samtbluse mit Litzen, Quasten und Schleifen. An ihren Ohren hingen winzige goldene Glocken.

Ally starrte sie nur an, ganz unverfroren in einfacher und aufrichtiger Bewunderung.

Sie war wunderschön, dachte er. Wie einer seiner Tagträume. Sie sah nach dem Orient aus, nach Kostümierung, nach Halloween. Was sein Vater »direkt von einem Besenstiel« nannte und seine Mutter, mit verkniffenen Lippen, »ungekämmt«. Sie war seine Kratzer, Stiche und klatschnassen Schuhe allemal wert.

Bei Riley war er nicht ganz so sicher. Er sah etwas unfreundlich aus, obwohl er eine so große Hilfe beim Sprung zum Ufer gewesen war. Er hatte sich ein ganzes Stück zurückgezogen, sobald er es konnte, nachdem Ally sein Gleichgewicht wiedergefunden hatte, und saß jetzt zusammengekauert neben einem dornigen grünen Busch und schaute finster hinunter auf die Pflanzen im Morast. Er war klein – kleiner als Flora und nicht so sehr viel größer als Ally selbst. Er war zierlich, dunkel und hatte Haare an allen Stellen, die Ally sehen konnte. Im Gegensatz zu Flora trug er ganz einfache Sachen, und er sah wesentlich sauberer als sie aus. Flora hatte ihre Gartenstiefel ausgezogen und rieb sich den Schmutz von den Zehen.

»Es war bekloppt«, murmelte Riley. »Absolut bekloppt. Er hätte *ertrinken* können, verheddert in diese Wasserpflanzen.«

»Ist er aber nicht«, tadelte Flora Riley sanft.

Sie wandte sich wieder zu Ally und lächelte. »Er ist jetzt hier, heil und gesund.«

»Ja«, knurrte Riley. »Er ist jetzt hier.«

Er meinte es keineswegs so, wie Flora es meinte.

Ally fühlte sich plötzlich sehr schüchtern, als sei er ein lästiger Störenfried. Jetzt, nachdem er sie kennengelernt hatte, dachte er nicht eine Sekunde lang, daß einer von ihnen ein Patient sei, aber trotzdem hatte er das Gefühl, daß er irgendwie ihnen beiden den Nachmittag verdarb.

»Es ist schon okay. Ich gehe jetzt zurück«, sagte er ein wenig traurig und sah Flora in die großen, Mut zusprechenden Augen.

»Du bist eben erst gekommen«, sagte Flora.

Als Riley sie stirnrunzelnd ansah, warf sie den Kopf etwas zurück, und die winzigen goldenen Glocken an ihren Ohren gaben ein sommerliches, zartes Läuten von sich, das Ally sofort hinreißend fand.

»Er ist *jetzt* hier«, sagte sie wieder sanft.

»Ich bin gekommen, weil ich dich sehen wollte«, gestand Ally, durch das Läuten der Glöckchen zu einer plötzlichen, lockeren, ungehinderten Erklärung verführt. »Ich bin gekommen, weil ich deinen Namen sehen wollte. Den, den du gepflanzt hast. Ich wollte dich finden und dich fragen, womit du ihn gepflanzt hast.« Er machte kehrt und erklärte Riley, der die ganze Zeit, während der Ally ihm den Rücken zuwandte, finster dreinschaute und keine Gelegenheit mehr fand, seine wütenden Blicke einzustellen: »Ich bin nicht hergekommen, um *dich* zu stören. Ich wollte mir nur Floras Namen ansehen.«

»Das stört mich ja gerade«, sagte Riley.

Noch immer friedfertig lächelnd beugte Flora sich vor und begann, ihre schlammverkrusteten Stiefel zuzuschnüren.

»Nun kommt schon«, sagte sie zu ihnen beiden.

Der Name war weiter vom Fluß entfernt und dieser Teil des Grundstücks verwilderter und viel größer, als Ally vermutet hatte. Flora führte ihn rasch durch Dickichte und kleine, schattige Lichtungen und befreite ihren fadenscheinigen, alten Rock immer wieder mit einem heftigen Ruck von Brombeerranken und warnte ihn über die Schulter vor Furchen, die er nicht sehen konnte.

Zuerst war Ally enttäuscht von dem Namen. Als er neben den Buchstaben stand, waren sie nicht so beeindruckend, wie er gehofft hatte; eigentlich gar nicht wie ein Name. Es sah fast ebenso aus wie irgendein anderes Gemüsebeet, dachte er, wenn auch zwischen den Beeten mehr seltsam geformte Lücken waren, auf denen sie alle drei Platz zum Gehen fanden. Nur das O unterschied sich von den anderen.

Aber Flora war so stolz auf ihr Werk, daß sie ihn beinah sofort wieder für sich gewann.

»Das ist er also«, teilte sie ihm fröhlich mit, lehnte sich auf den Griff ihrer Forke und musterte die Pflanzen wohlwollend. »Mein Name FLORA. F für Fenchel, L für Lattich, O für Oberrübe, R für Rhabarber, A für Artischocke. Bei dem F habe ich etwas gemogelt. Mußte ich tun. Niemand ißt so viel Fenchel. Ich habe die Ränder mit Bohnen bepflanzt.«

»Aber Feuerbohnen«, warf Riley ein.

»Was ist mit Rileys Namen?« fragte Ally Flora listig. Er hätte schrecklich gern gewußt, wie nahe sie einander standen. Es erschien ihm sehr raffiniert, so zu fragen.

»Sie will mich nicht machen«, sagte Riley an Floras Stelle. »Sie hat natürlich ziemlich viel darüber nachgedacht. Sie sagt, das Beste, was ihr bisher eingefallen ist, lohnt all die erforderliche Extraarbeit nicht. Riley ist an einigen Stellen ein besonderer Name. Wie, sagtest du, würde ich gepflanzt aussehen, Flora, mein Bohnensproß?«

»R wie Radieschen«, begann Flora ganz munter. Doch dann wurde ihre Stimme nachdenklich. »I sollte für indischen Mais stehen. L für Lauch und E für Endivien könnte ich leicht schaffen. Aber dann bleibt immer noch Y für Yamswurzel.«

»Ich würde mir auch nicht die Mühe machen, das zu pflanzen«, sagte Ally, und Riley funkelte ihn an.

»Wie heißt du?« fragte Flora, plötzlich voller Hoffnung.

Riley hustete mürrisch und drohend, was Flora ignorierte. Die kleinen goldenen Glocken läuteten wieder.

»Alasdair«, teilte Ally erfreut mit. »Alasdair Seton.« Sie standen eine Weile da und dachten nach, und Ally sprach als erster, zusätzlich angespornt durch die hübsche Vorstellung, von Flora gepflanzt zu werden. »A für Ackersalat, L für Linsen, A für Auberginen, S für Spinat, D für Dill...«

Er verstummte, kurz vor dem Ende, als er einen sehr bösen Blick von Riley auffing.

»Flora erwartet bald ein Kind«, erklärte Riley mit frostiger Höflichkeit. »Vielleicht ist dir ihre unzweideutige Figur aufgefallen.«

Sie war Ally nicht aufgefallen, tat es aber jetzt sofort, nachdem er darauf hingewiesen worden war. Der Rock sah fülliger als nötig aus, das Oberteil saß lockerer, höher.

Er schaute hinunter auf seine Schuhe, seine Ohren leuchtend rot. Wenigstens wußte er jetzt genau, wie nahe sie einander standen, dachte er.

Riley hielt seinen veränderten Gesichtsausdruck irrtümlich für bittere Enttäuschung. »Wenn du nur Ed oder Tom heißen würdest...«, sagte er freundlicher. »Aber *Alasdair*! Ich fürchte nein. Die Anstrengung!«

»Ally?« schlug Ally vor.

»Nein«, erklärte Riley ihm unnachgiebig. »Al ist unser letztes Angebot.« Er marschierte verstimmt den ganzen Weg bis zum A am Ende von Floras Namen.

Flora legte ihre erdverschmutzte, kräftige braune Hand auf Allys Arm und tröstete ihn: »Mach dir keine Gedanken wegen Riley. Er will nicht unfreundlich sein. Er ist nicht ärgerlich auf dich. Er macht sich einfach Sorgen, daß ich das Baby zu früh kriegen könnte, wenn ich ALASDAIR grabe. Und doch wartet er darauf, daß die neun Monate zu Ende gehen. Er sehnt sich danach, gebratenes Geschlachtetes zu essen.«

»Er möchte das *Baby* essen?« fragte Ally schokkiert.

In Floras Gesicht trat ein Lächeln, das Riley ihr fast umgehend austrieb.

»Das könnte ich auch, Flora«, verhöhnte er sie boshaft über das Rhabarber-R hinweg. »Ich könnte auf der Stelle alles essen. *Alles.* Ich könnte mich in einer einzigen riesigen Mahlzeit durch meinen ganzen Namen durchessen. Hör mal, Flora. R für Roastbeef, I für Irish-Stew, L für Lamm, E für Ente…«

»Hör *auf*!« rief Flora und wurde blaß. »Hör *auf*!« Sie ließ die Forke, auf die sie sich lehnte, auf das F fallen und stopfte sich die Finger in die Ohren. »Hör *sofort* auf, Riley!«

Sie hörte sich ganz ungewöhnlich aufgebracht an, fand Ally, wenn man bedachte, wie schwach Rileys Witz war. Er musterte sie und fragte sich zum allererstenmal, seit sie sich auf der Böschung kennengelernt hatten, ob sie doch eine Patientin sei. Vielleicht besuchte Riley sie. Er hatte nicht den typischen Gesichtsausdruck, der besagt, daß der Besuch nicht wirklich eine *Pflicht*, aber auch nicht gerade ein Vergnügen ist, aber andererseits könnte er auch bescheuert sein. Von irgendwo mußten sie ins Crispin-Hospital gekommen sein…

»Da siehst du, wie Flora ist«, sagte Riley zu Ally, plötzlich gut gelaunt durch den unbestrittenen Erfolg seiner Gehässigkeit, und legte den Arm um ihre zitternden Schultern. »Verweigert mir jeden Buchstaben meines ureigenen Namens außer Y, nicht wahr, Flora, meine Kichererbse?« Er drückte sie sehr sanft an sich und fügte hinzu: »Y für Yoghurt«, um sie zu ärgern.

»Ich *hab's*«, rief Ally. »Du bist Vegetarierin, Flora. Und Riley ist keiner. Und er kann dich nicht verlassen und verschwinden und sich Steaks braten, weil du das Baby kriegen könntest, während er weg ist! Ich hätte es mir denken können. Du bist genauso wie meine Tante Chloe, oben auf dem Berg. Sie weigert sich, Fleisch zu essen.«

»Wir benutzen dieses Wort hier nicht«, unterrichtete Riley ihn und nahm seinen Spaten. »Wir benutzen das Wort ›Fleisch‹ einfach nicht. Einmal hält Flora es für zutreffender, sagen wir, für weniger beschönigend, es als ›Stücke von gebratenem Geschlachtetem‹ zu bezeichnen, und zum anderen, ich kann es nicht ertragen, das Wort zu hören, ich habe solchen Appetit darauf.«

Er bohrte den Griff seines Spatens tief in die Brombeerbüsche direkt hinter ihm. »Eines Tages, sehr bald, werde ich da drinnen ein paar von den jungen Kaninchen fangen, Flora, mein Champignon«, drohte er über die Schulter. »Das werde ich. Ja, das werde ich. Um ein Haar hätte ich am letzten Dienstag einen Maulwurf erwischt, mit einer geschärften Schaufel.«

»Wage es nicht, meine Forke mit lebendigem Blut in Berührung zu bringen!« kreischte Flora erbost. »Ich könnte nicht weitergraben. *Wage* es nicht, meine Forke mit lebendigem Blut zu besudeln!«

Riley tauchte sofort aus dem Gebüsch auf.

»Es ist ein *Spaten*, mit dem ich versuche, ihnen eines überzubraten«, sagte er grinsend. »Ein *Spaten.*« Er wandte sich zu Ally, der dastand und sie mit offenem Mund anstarrte. »Ich nenne das Kind gern beim Namen«, sagte er und kroch in seinen Busch zurück.

Flora lächelte jetzt, als hätte sie von Anfang an gewußt, daß Riley sie neckte, und wandte sich wieder Ally zu.

»Wie hält deine Tante Chloe es mit Eiern?« fragte sie.

»Ich bin nicht ganz sicher«, sagte Ally erstaunt. »Ich habe sie noch nie essen sehen. Sie ißt ihr Mittagessen immer, bevor wir kommen, und ihr Abendessen, wenn wir gegangen sind. Aber Schwester Beddowes hat mal gesagt, daß die Küchenhilfen nicht schlau werden aus der Pflanzenkost meiner Tante Chloe. Sie können ihr den scheußlichsten gekochten Kohl raufschicken, und sie ißt ihn, sagte Schwester Beddowes, aber schöne frische Sojabohnenkeime rührt sie nicht an.«

»Das kann ich verstehen«, sagte Flora leise. »Himmel, ja. Ich verstehe das.«

Ein gequälter und zärtlicher Ausdruck schimmerte in ihren schönen Augen. »Bohnenkeime sind so *winzig*«, sagte sie nachdenklich. »Sie sehen so verletzbar aus. Wie kleine, weiche neugeborene Babys.« Ihre Augen füllten sich, und sie schluckte. »Sag deiner Tante Chloe, daß sie nicht allein ist. Mir ist es auch schwergefallen, Bohnenkeime zu essen.«

»*Hör mal*«, sagte Riley und kam hastig rückwärts aus dem dichten Gebüsch gekrochen, wo er mit seinem Spaten herumgeklopft hatte, offensichtlich immer noch auf der Suche nach Kaninchen. »Hör mal, Flora, mein Zucchino, meine süße, zarte Karotte. Du mußt einfach aufhören, so zu *denken*. Wenn du auch noch mit den Rechten von Gemüse anfängst, werden wir *verhungern*!«

»Unsinn«, sagte Flora forsch. »Es gibt immer noch Hülsenfrüchte, Körner, Nüsse und getrocknete Früchte.«

Riley ließ nicht locker; er war ziemlich aufgeregt, versuchte jedoch, ganz ruhig zu erscheinen. Eine weitere Nahrungseinschränkung war für ihn, das sah Ally, eine Angelegenheit von einiger Bedeutung.

»Seine Tante Chloe«, zischte Riley Flora ins Ohr, so leise er konnte, aber nicht leise genug: »Seine Tante Chloe, Flora, lebt *oben auf dem*

Berg. Weißt du, was das bedeutet, Flora, mein Liebes, mein guter Engel? Weißt du, was das *bedeutet*? Es *bedeutet*...« und hier zischte er eine Spur leiser, aus Achtung vor Allys vermutlichem Familiensinn, aber immer noch bei weitem nicht leise genug. »Es bedeutet, daß seine Tante Chloe *meschugge* ist, Flora, mein Zwiebelchen, mein Liebling. *Meschugge*, das bedeutet es!«

»Unsinn«, sagte Flora wieder. »Sie ist wahrscheinlich nur deprimiert. Sie sollte viel mehr Vitamin B zu sich nehmen.«

»Nein«, sagte Ally energisch. Tante Chloe war seine Tante. Er sollte es wissen. »Riley hat völlig recht, fürchte ich. Tante Chloe ist vollkommen bescheuert. Sie hat schon seit *Jahren* keine Bohnenkeime mehr gegessen.«

Riley bedankte sich ausgesprochen höflich für diese Worte und nickte Ally für seine Unterstützung dankbar zu. Wenn er lächelte, sah er richtig nett aus. Und zum erstenmal, seit sie sich kennengelernt hatten, ahnte Ally, wie die liebliche Flora es über sich gebracht hatte, mit dem Gedanken zu spielen, Rileys Namen direkt neben ihren zu pflanzen. Von anderen Dingen ganz zu schweigen...

»Sicher hat sie ihre Gründe«, sagte Flora, »wenn ihr beide sie auch einfach bescheuert nennt.

Einige von uns *machen sich Gedanken darüber*, wie wir unser Leben leben. Für andere sind wir unbegreiflich.«

»Dr. Barney sagt, daß gewisse Nahrungsmittel Tante Chloe einfach aus der Fassung bringen«, teilte Ally den beiden mit. »Schon wenn sie sie auf einem Teller sieht, von essen gar nicht zu reden.«

»Genauso ist Flora mit Stücken von gebratenem Geschlachtetem«, erklärte Riley hämisch. »Werden dort bald Betten frei?«

»Was sagt Tante Chloe?« fragte Flora kühl.

»Nichts«, sagte Ally. »Tante Chloe spricht nicht.«

»Will nicht oder kann nicht sprechen?« fragte Riley.

»Will nicht.«

Und das ganze Gerede erinnerte ihn daran, daß er sich auf den Rückweg den Berg hinauf zum Krankenhaus machen sollte, um sich von ihr zu verabschieden.

»Seid ihr am nächsten Sonntag wieder hier?« fragte er und errötete.

Riley zog die Augenbrauen zu einem finsteren und bösen Blick zusammen und funkelte ihn an, gerade so wie bei ihrer ersten Begegnung.

»Ja«, sagte Flora prompt, und die Glöckchen an ihren Ohren läuteten. »Ja.«

»Nein«, sagte Riley, ebenso prompt und wesentlich lauter. »Nein.«

Ally bückte sich, um sein Erröten zu verbergen, das sich vertieft hatte vor Scham und Schmerz über Rileys kurze Antwort. Er beschäftigte sich mit seinen triefnassen Schnürsenkeln, hielt den Kopf weit nach unten und versuchte, sich nichts draus zu machen.

Es wäre so nett gewesen, wenn sie ihn eingeladen hätten. Er hätte die ganze Woche daran gedacht, aber niemandem etwas gesagt. Es war, dachte er, einfach zuviel erwartet: jemanden wie Flora, mit dem man reden konnte, jemanden, mit dem man zusammensein konnte. Er hätte ihr sogar seine Sonnenblumenkerne mitbringen können, um sie in einem großen, breiten Oval rund um ihren Namen einzupflanzen. Es war sehr einsam, allein durch den Park zu streifen, bis es fünf war, oder einfach in der Teestube herumzuhocken.

Als er gerade den Kopf wieder heben wollte, bereit, sich von beiden ganz offen zu verabschieden und seine Gefühle nicht zu zeigen, streckte Flora die Hand aus und legte sie auf seinen Arm.

»Es ist nicht deinetwegen, Ally«, erklärte sie ihm sanft. »Denke nicht, daß es *deinetwegen* ist.«

Sie ignorierte Rileys finster warnende Blicke,

warf noch einmal den Kopf zurück mit einem winzigen goldenen Klimpern und sprach weiter.

»Wir dürften hier eigentlich gar nicht sein. Obwohl sie dieses Ende vor Jahren abgezäunt haben, aus Sorge wegen des Sees, gehört es immer noch dem Crispin-Hospital. Es gehört alles zu dem Grundstück, schon seit der Zeit, als das Krankenhaus noch ein Landhaus war. Wir sind also widerrechtlich hier. Wir sind weder Patienten noch Besucher, noch Personal. Wir leben einfach hier.«

»Dreh den letzten Satz um«, schlug Riley vor. »›Wir leben hier einfach.‹ Sehr einfach. *Zu* einfach, könnte manch einer denken. Ich zum Beispiel. Und was das Wort ›leben‹ betrifft«, er seufzte theatralisch, »das Wort solltest du weglassen. Du kannst das, bei aller Fairneß, nicht als ein ›Leben‹ bezeichnen, Flora.«

Flora ignorierte ihn.

»Riley ist nicht immer so scheußlich«, setzte sie Ally auseinander, der es schwer fand, ihr zu glauben, ihretwegen aber nichts sagte. »Sein Problem ist, daß er nicht aufhören kann, sich Sorgen zu machen. Ich habe es getan. Ich habe es aufgegeben, mir Sorgen zu machen.«

»Ist das wie mit dem Fleisch?« fragte Ally sie verwirrt und korrigierte sich sofort: »Wie mit den Stücken von gebratenem Geschlachtetem?«

»Genau«, sagte Flora, erfreut über seine großartigen Fortschritte. »Genau. Und nach einer Weile fehlen die Sorgen dir gar nicht mehr, genauso wie das Geschlachtete.«

»Meiner Mutter würden sie fehlen«, sagte Ally. »Sie würde dahinschwinden. Mein Vater sagt manchmal, wenn sie aufhörte, sich Sorgen zu machen, wäre sie eine leere Muschel.«

»Dann ist sie wie ich«, sagte Riley. »Ich mache mir Sorgen. Mir würde es auch fehlen, genauso wie ich noch immer Fleisch vermisse. Und ich kann nicht zwei große Dinge auf einmal aufgeben, mit einem Magen, der nur von Zeit zu Zeit mühsam mit Grüngemüse gefüttert wird, darum werde ich mir weiter Sorgen machen. Das heißt, *falls* du und Flora nichts dagegen habt.«

Flora lächelte ihn liebevoll an und reichte ihm ihre schmutzige Hand, an der Riley sofort leckte und herumkaute.

»*Worüber* Riley sich Sorgen macht«, sagte Flora geduldig, »das bist nämlich du. Einmal macht er sich Sorgen, weil du den Namen überhaupt von dort oben auf dem Berg sehen konntest. Er hatte nicht gedacht, daß man ihn sehen könnte. Und außerdem macht er sich Sorgen, weil du den Weg durch den Morast gefunden hast. Niemand sonst hat das je geschafft. Wir haben mehrere Wochen dazu gebraucht, und dann haben wir ihn nur gefunden, weil Riley eines Tages reinfiel.«

»Reingestoßen wurde.«

»Reinfiel.«

»Reingestoßen wurde.«

»Bis dahin, und das war im Mai, stolperten wir immer noch durch das dichte Unterholz, und dann über die Grenzmauer, auf den Feldweg. Aber als wir diese Brücke fanden, schlugen wir einen Pfad bis zur Steinmenagerie. Es hat nicht allzu lange gedauert. Ich glaube, es muß schon einmal ein Pfad dort gewesen sein, aber er ist wohl zugewachsen.«

Ally war verwirrt und sah sich vage um. Waren sie und Riley seit Mai hier unten und schon einige Wochen davor? Doch sicherlich nicht. Es war jetzt September.

»Menagerie«, wiederholte Flora deutlich, Allys verblüfftes Gesicht falsch interpretierend. »Eine Art kleiner Zoo. Der siebente Earl baute ihn vor weit über hundert Jahren. Ich glaube, das war große Mode.«

»Wie Kastanienschleudern«, warf Riley hilfreich ein. »Nur vornehmer.«

»Aber es hat nicht lang gedauert«, sagte Flora. »Ich bin sehr froh, daß es nicht lange ging. Der Earl machte pleite. Tiere zu füttern kostet ein

Vermögen, und so mußte er da zurückstecken. Aber es half ihm nicht viel. Er gab überall zuviel aus. Seine Lage wurde so schlimm, daß er das Haus verkaufen mußte. So kam es, daß es ein Krankenhaus wurde.«

»Was geschah mit den Tieren?« fragte Ally.

»Zu dem Zeitpunkt waren nicht mehr viele da«, sagte Flora. »Die Feuchtigkeit bedeutete für die meisten das Ende. Und Mangel an Bewegung. Und falsches Futter. Er interessierte sich nicht besonders für sie. Moden dauern nicht so lange, oder?«

»Nein«, sagte Ally und dachte an die Haufen runzliger, verschimmelnder grauer Kastanien, die seine Mutter jedes Jahr in irgendeiner Wäscheschublade versteckt fand. »Nein, das tun sie wohl nicht.«

»Es ist jetzt ein bißchen überwuchert«, sagte Flora. »Aber es gefällt mir. Ich bin hier glücklicher, als ich es irgendwo sonst war. Und darum möchte ich bleiben und das Baby hier zur Welt bringen. Ich hätte es nicht gern, wenn jemand käme und sagte, ich müsse gehen. Und das, so denkt Riley, wird passieren, wenn du irgend jemandem erzählst, daß du uns hier gesehen hast. Darum benimmt er sich scheußlich. Darum macht er sich Sorgen.«

»Ich weiß nicht, *warum* ich mir Sorgen mache«, sagte Riley seufzend. »Ich verabscheue dies alles hier. Ich würde wirklich gern fortgehen.«

»Das meint er nicht so«, sagte Flora. »Und außerdem gibt es nirgends einen Ort, wo wir hingehen könnten. Darum wird Riley wahrscheinlich, wenn du weg bist, meinen Garten umgraben und die hilflosen kleinen Zwiebeln in diese Ungeheuer von Büschen werfen und die Ranken wieder rüberziehen, und wenn du dann sagst, du hättest einen gepflanzten Namen gesehen, wird keiner dir glauben.«

»Oh, nein!« rief Ally entsetzt. »Oh, bitte tu das nicht, Riley! Ich würde es nie, *nie* erzählen.«

Er bat sie flehentlich, wollte sie mit reiner Willenskraft zwingen, ihm zu glauben. »Ich *weiß*, daß ich der einzige bin, dem es aufgefallen ist«, versicherte er ihnen. »Wirklich. Die Patienten schauen ziemlich oft aus den Fenstern, aber sie *sehen* nichts. Man würde den Namen nur sehen, wenn man *hinsieht*. Ich habe den ganzen Sommer jeden Sonntag aus dem Fenster gestarrt und erst heute *hingesehen*.«

»*Karotten*«, rief Flora, fast bestürzt. »Die Patienten sollten viel mehr *Karotten* essen. Gib das *bitte* weiter.«

»*Karotten*?« ahmte Riley sie in halb vorgetäuschtem Unglauben nach. »*Karotten*? Der Flora-Plan für die geistige Gesundheit der Nation? *Karotten*! Das *glaubt* man nicht!« Er stolperte zurück in seinen Busch. »Karotten«, murmelte er leise. »Karotten, Hasen.«

»Und ich sage nichts«, erklärte Ally glücklich und erleichtert. »Ich werde nie, *nie* etwas sagen.«

»Das rate ich dir auch«, sagte Flora. Sie schnitt eine Grimasse wie eine Hexe. »Ich werde dich verwünschen, wenn du es tust.«

Die goldenen Ohrenglöckchen bimmelten, und Flora und Ally kicherten.

»Das wird nicht nötig sein«, sagte Ally.

»Ich weiß«, sagte Flora. »Und Riley weiß es in Wirklichkeit auch.«

»O ja«, sagte Riley tief im Inneren seines Busches gehorsam. »O ja. Ich weiß es jetzt auch.«

»Auf Wiedersehen«, sagte Ally und wollte ihr die Hand schütteln. Sie drückte ihm statt dessen herzlich die Handfläche.

»Auf Wiedersehen«, sagte er noch einmal. »Ich bin froh, daß ich dich gefunden habe, Flora. Und dich auch, Riley. Bis zur nächsten Woche.«

Er machte sich pfeifend auf den Weg zurück zur Brücke hinunter. Als er sich nur wenige Sekunden später umdrehte, um ihnen zuzuwinken, waren sie verschwunden.

3

Seine Schritte dröhnten über den hellen Eichenboden der Teestube, und alle anderen Besucher hoben die Augen über den gestreiften blauen Teetassen, um ihm mit den Blicken zu folgen.

Sein Gesicht verschloß sich. Sie würden es nicht wagen, mich anzustarren, dachte er, wenn ich irgendein junger Patient wäre. Aber ich habe auch meine Gefühle.

Ally hatte schon vor langer Zeit festgestellt, daß niemand sich umdrehte, wenn ein Patient allein hereinschlurfte. Sie würden nicht im Traum daran denken, hinzustarren. Wenn aber ein Arzt oder eine Schwester, die Ehefrau von irgendwem oder zwei rundliche Besucherinnen oder jemand, dem es besser ging und der nächste Woche nach Hause durfte, durch die breite Pendeltür kamen, schien es jeder zu bemerken und fand nichts dabei, den Kopf zu verdrehen und zu starren.

Es war unangenehm, dachte Ally, aufdringlich. Aber andererseits zog er es immer noch dem sonderbaren Spießrutenlaufen vor, das die Patienten durchmachten: vorbei an Leuten, die sich angestrengt darum bemühten, sie einfach nicht zu beachten. Sie mußten den ganzen Weg durch die Teestube zurücklegen, als seien sie eigentlich gar nicht vorhanden. Alle begannen plötzlich, Tee auszuschenken, einen weiteren gehäuften Teelöffel Zucker hineinzuschütten, sich Kuchen auszusuchen, und hielten dabei die Köpfe tief gesenkt, während die Patienten vorbeigingen.

Sie müssen sich vorkommen, dachte Ally, wie häßliche, verunstaltete Leute auf der Straße, von denen jeder sich abwendet, um nichts zu sehen. Er fragte sich, ob sie einander ansähen. Würde eine Behinderte mit dünnen Beinen und einem schiefen, buckligen Rücken, die im Rollstuhl saß, einen Zwerg anlächeln, an dem sie auf der Straße vorbeikam? Wie waren die Verhaltensregeln, die man ihnen als Kinder beigebracht hatte? Es konnten nicht die gleichen sein wie die, die er gelernt hatte: »Starre Krüppel nicht an. Es gehört sich nicht.«

Vielleicht unterhielt Tante Chloe sich heimlich, spät in der Nacht, mit anderen, verrückteren Patienten. Vielleicht lehnte sie es ab, mit Leuten hier unten zu reden, weil sie sie einfach nicht angesehen hatten, als sie durch den Raum ging. Vielleicht hielt sie die Besucher für sonderbar. Sogar ihre eigenen.

Schließlich hatte er selbst erst heute allen hartnäckigen Aufforderungen seiner Mutter widerstanden, Tante Chloe etwas aus der Schule zu erzählen, hatte ihr den Tee aus vier vollen Tassen in den Schoß gekippt, ihr mürrisch den Rücken zugekehrt und aus dem Fenster geschaut und sich dann nach draußen verzogen.

Er konnte Tante Chloe keinen Vorwurf machen, wenn sie nicht mit *ihm* sprach.

Aber seine Mutter versuchte es. Sie war liebevoll. Sie brachte immer Kuchen mit, schenkte den Tee ein und schwatzte über die Dinge, die sie während der letzten Woche getan hatte, und doch sprach Tante Chloe kaum mit ihr. Während er sich noch nach dem Grund fragte, ließ er sich in den Stuhl neben seinem Vater fallen und musterte sie.

Sie sah so merkwürdig aus, wie sie augenzwinkernd dasaß. Der große braune Teefleck auf ihrem gelben Kleid war kein bißchen eingetrocknet. Die Rüschen an ihren Handgelenken waren jetzt auch feucht, weil sie die Hände fest verschränkt im Schoß hielt. Ihre Strümpfe waren in Falten auf die blassen, dünnen Knöchel gerutscht. Lockere Strähnen ihres mausgrauen Haares hatten sich aus den metallenen Spangen gelöst und flatterten um ihr spitzes, gequältes Gesicht.

»Hallo«, sagte er zu ihr. »Ich bin wieder da.«

Sie merkte es nicht einmal, als er versuchte, sie auf sich aufmerksam zu machen. Sie war meilenweit in sich selbst versunken, beobachtete, wie das Sonnenlicht durch einen winzigen Ball aus verkrumpeltem Zellophan auf dem Tisch flimmerte, kniff die blaßblauen Augen zu und riß sie wieder auf, immer und immer wieder.

Eine nervöse Angewohnheit nannte Dr. Barney dieses Zwinkern, aber Ally hatte jetzt schon seit einiger Zeit den Verdacht, daß Tante Chloe es ganz absichtlich tat, um das Funkeln des Lichts besser einzufangen, genauso wie Ally an dunklen, feuchten Abenden auf seiner Zeitungsrunde die Augen vor den Straßenlaternen zusammenkniff, um die schimmernden silbernen Speichen um sie herum tanzen zu lassen.

Ally hatte jetzt ein persönliches Spiel für diese langen trübsinnigen Besuche, nämlich zu raten, auf was Tante Chloe starrte, wenn sie sich so in sich zurückzog, und was daran war, das ihr Interesse so erregte.

Häufig waren es Funken, wie heute das Zellophan; schnell geraten, wenn er recht hatte. Manchmal, glaubte er, war es eine Farbe, wenn etwa Schwester Beddowes an Winternachmittagen die Tischlampe einschaltete, die hinter Tante Chloes Becher mit *Ribenasaft* stand, so daß der

Saft für jedermann wie Blut aussah. Manchmal, das wußte er, wurden ihre Blicke von Mustern angezogen, die zur Teezeit von der Sonne durch die großen alten Fensterscheiben geworfen wurden und sich in größeren, schiefen Rechtecken auf der nächsten Wand kräuselten. Manchmal wußte er es nicht.

Aber immer wußte er, daß sie nicht zuhörte, jedenfalls nicht ihm. Doch als er die Augen wieder hob, um eine Gnadenfrist zu erbitten – merkte seine Mutter denn nicht, daß es sinnlos war? Warum konnte sie ihn nicht einfach auch in Ruhe das helle bezaubernde Funkeln beobachten lassen! –, sah er, daß sie, ganz wie ihre verwirrte Zwillingsschwester, die Augen zusammenkniff, die Blicke aber nicht harmlos auf das hübsche, sonnenbeschienene Zellophan gerichtet, sondern drohend auf ihn.

»Ich glaube, daß dein Tantchen Chloe dich vermißt hat, Ally«, sagte seine Mutter streng und meinte, daß sie selbst ihn vermißt hatte. »Dich und deine schrecklichen Witze. Sie ist sehr still gewesen, seit du rausgegangen bist. Da du jetzt zurück bist – endlich –, würdest du vielleicht gern mit ihr reden und ihr erzählen, wo du warst...«

Man konnte es fairerweise nicht als reden *mit* Tante Chloe bezeichnen, dachte Ally. Einreden *auf* wäre viel zutreffender. Weniger – was für ein Wort hatte Riley benutzt? Weniger beschönigend.

Am liebsten hätte er sich wieder geweigert und den Kopf geschüttelt, wie er es zuvor getan hatte, und einen weiteren Streit riskiert. Aber sie waren nicht zu Hause. Seine Familienstreitereien in fremder Umgebung auszutragen konnte bittere, schreckliche Auswirkungen haben. Selbst sein stiller, distanzierter Vater wurde manchmal so gepiesackt, daß er zu den Waffen griff. Hier im Krankenhaus, mit Menschen rundherum, hatte Ally einfach nicht den Mut, sich noch einmal so energisch durchzusetzen.

Außerdem klang die Stimme seiner Mutter gereizt, hatte eine etwas höhere Stimmlage und einen bestimmteren Ton, wenn sie ihn auch freundlich anlächelte und ihm ein Stück von der Zitronenrolle anbot, und Ally begriff, daß die ganze Anstrengung einer Unterhaltung mit ihrer stummen, zwinkernden Schwester sich jetzt bei ihr bemerkbar machte.

Er schaute über den Tisch hinweg zu seinem Vater, Hilfe erhoffend, wenn er sie auch nicht erwartete. Und natürlich wich sein Vater Allys Blicken aus. Er hatte sich trübsinnig tief in den abgenutzten Armsessel fallenlassen, starrte zwischen seinen gespreizten Beinen auf den Boden und wartete darauf, sich zu verabschieden.

Er kam jeden Sonntag durchaus vergnügt, hatte Ally festgestellt. Aber wenn er das Krankenhaus erst betreten hatte, fand er den Ort zermürbend und deprimierend. Jedesmal brachte der eine oder der andere Patient ihn aus der Fassung. Ein wachsamer böser Blick hinter einer der Teemaschinen hervor oder endloses Pantoffelgeschlurfe in der Nähe seines Stuhls gingen ihm auf die Nerven.

Er haßte es, wenn die arme Miss Hayes draußen auf der Diele verdrossen vor sich hin plapperte, als lauschten tief in ihr andere auf jedes Wort, das sie sagte. Er konnte es nicht ertragen, wie Frank Newsam, ein Mann in seinem Alter, der drei prächtige Jungen aufgezogen hatte, im Sessel direkt neben ihm schamlos weinte.

Wenn Mr. Hackett, der von sich behauptete, er sei heilig, in seinem grauen Morgenrock den ganzen Weg von der Tee-Durchreiche herübergeschwebt kam, nur um ihn zu segnen, konnte er es nicht einmal über sich bringen zu nicken.

Ally wußte also, daß von seinem Vater keine Hilfe zu erwarten war, und wandte sich selbst seiner nicht ganz zurechnungsfähigen Tante zu. Aber er war noch nicht so weit in eine lockere und zugängliche Stimmung zurückgeglitten, daß er sich von seiner Mutter vorschreiben ließ, worüber er reden sollte. Außerdem hatte er nicht vergessen, was er Flora versprochen hatte.

Wie gewöhnlich machte er dümmliche Unverschämtheit zu seiner Taktik. Es war, rechtfertigte er sich, die einzige Taktik, die seine Mutter ihm übrigließ.

»Ich fürchte, ich kann nicht genau sagen, wo ich war«, teilte er Tante Chloe ernsthaft mit. »Aber es war sehr unhöflich von mir, so lange fortzubleiben, besonders wenn du mich so vermißt hast, wie Mum gerade sagte ...«

Seine Mutter warf ihm einen besorgten Blick über den Tisch zu und runzelte die Stirn: Gib acht, Ally. Du segelst hart am Wind.

»Ich will es aber wieder gutmachen«, sagte Ally. »Wenn du *beweisen* kannst, daß du mich so vermißt hast, wie Mum sagt – mich und meine schrecklichen Witze –, indem du über einen richtig lachst, werde ich ... werde ich ...«, er dachte nach und machte das großzügigste Angebot, das ihm einfiel, weil er wußte, daß er nicht beim Wort genommen werden würde. »Werde ich am nächsten Sonntag mit dem Rad allein herkommen, wie ich es mal getan habe, als Mum und Dad Grippe hatten, und mit dir einen Spaziergang über das Grundstück machen.«

Er hörte die zartknochigen Finger seiner Mutter über die Armlehne ihres Stuhls kratzen. Sie hatte große Lust, das spürte Ally, ihm eine Ohrfeige zu geben.

Er schaute ihr aus weitgeöffneten blauen unschuldigen Augen direkt ins Gesicht.

Ich habe dich *gewarnt*, sagten seine Augen, sehr höflich. Ich habe *gesagt*, daß ich es für sinnlos halte, und ich möchte überhaupt nicht mit ihr sprechen. Sie hört nicht einmal zu. Aber *du* hast ja drauf bestanden. Ich hätte mich wieder mürrisch ans Fenster stellen können, genau wie vorher. In Wirklichkeit verhalte ich mich *anständig*. Ich verschaffe dir eine *Ruhepause*. Aber ich bin nicht dein Schoßtier, ich bin praktisch erwachsen. Und wenn ich mit ihr sprechen muß, weil du mich dazu zwingst, mache ich es auf *meine Weise*.

Außer Gefecht gesetzt, nahm seine Mutter das letzte Stück Kuchen und machte sich verdrossen daran, den ganzen weißen Zuckerguß abzupellen. Allys Stimmung hob sich. Er hatte bisher noch nicht so viele Schlachten gewonnen; er fühlte sich hinterher immer noch nicht wie ein Riese.

»Du mußt lachen«, warnte er Tante Chloe und klopfte ihr aufs Knie. »Du mußt wirklich *lachen*. Aber ich werde so entgegenkommend wie Rumpelstilzchen sein. Ich gebe dir drei faire Chancen.«

»Drei deiner schrecklichen Witze auf einen Schlag?« sagte sein Vater. »Ich weiß nicht, ob ich das aushalte.«

»Ist das also abgemacht?« fragte Ally Tante Chloe, die offensichtlich nicht ein Wort mitgekriegt hatte.

Es dürfte kein großes Risiko sein, dachte Ally. Nein, es sollte kein Risiko sein. Ein hoher Einsatz, nur um aus einer winzigkleinen Auseinandersetzung mit seiner Mutter als Sieger hervorzugehen und ein Geheimnis zu hüten, an dem niemand das geringste Interesse hatte. Den ganzen Sonntag mit einer Verrückten durch die Anlagen trotten? Grausame Vorstellung.

Welches waren seine drei schlimmsten Witze?

»Warum summen Bienen?« fragte er.

»Sie kennen nicht alle Wörter«, sagte sein Vater.

»Eins«, zählte Ally.

Außer ständig nach dem verkrumpelten Ball aus Zellophan zu blinzeln hatte Tante Chloe sich nicht gerührt.

»Welcher Bus hat den Ozean überquert?«

Niemand sagte etwas.

»Columbus«, grölte Ally.

Von allen Tischen rundum wurden sie angestarrt, wenn auch verstohlen, und Allys Mutter wurde blaß.

»Ich glaube es einfach nicht«, stöhnte Mr. Seton.

»Zwei«, sagte Ally triumphierend. Tante Chloe rührte sich immer noch nicht vom Fleck.

»Dies war einmal mein Lieblingswitz«, sagte Ally, der jetzt ein wenig zu anmaßend und selbstsicher wurde bei seiner Herausforderung, ganz so wie sein Vorbild Rumpelstilzchen. »Ich glaube wirklich, der nächste wird dir gefallen, Tante Chloe.«

Seine Mutter richtete sich auf, verärgert über diese kleinliche, grausame Stichelei. Sie langte über den Tisch und nahm das verkrumpelte Zellophan in die Hand, um selbst ungeduldig damit herumzuspielen.

Tante Chloe zuckte zusammen. Ihr mageres, abgehärmtes Gesicht straffte sich, als ob ihre Schwester etwas Brutales getan habe, und sie sah auf. Die rasche Entfernung ihres kostbaren Schatzes lenkte ihre Aufmerksamkeit endlich wieder auf ihre Besucher. Sie schaute sich vage um, und ihr wurde klar, daß Ally etwas gesagt hatte.

Ihre Blicke trafen seine, kurz und quälend, zum erstenmal an diesem Tag.

Er war bestürzt. Sie würde doch nicht zuhören, oder? Und wenn sie lachte? Der ganze Sonntag im Eimer!

»Nun mach schon *weiter*, Ally«, sagte Nancy Seton gereizt. »Mach weiter und erzähl um Himmels willen den dritten. Und diesmal sprich leise. Die Leute starren uns schon an.«

Bitte, bat Ally seine geistesgestörte Tante stumm. *Bitte*, bitte hör nicht zu. Zieh dich wieder in dich selbst zurück. *Bitte*, komm nicht heraus.

»Was ist der Unterschied«, fragte Ally sie kalt, »zwischen einer Krähe?«

Tante Chloe holte ein wenig Luft und versuchte zu denken. Er sah, wie sie kämpfte. Zweimal wanderten ihre Gedanken ab, dachte sie an andere Dinge, doch Allys scharfe, besorgte Blicke, aus denen für sie irrtümlich seine Hoffnung sprach, daß sie sich konzentrieren würde, brachten sie beide Male wieder zurück.

Sie schüttelte den Kopf, erschlagen und erschöpft von der Anstrengung.

»Keiner. Beide Beine sind gleich lang, besonders das linke.«

Tante Chloe, dachte er, gab sich echt Mühe, sich zusammenzunehmen, und, wenn sie schon nicht wirklich lachen konnte, doch wenigstens ein leises Lächeln zustandezubringen.

Aber es nützte nichts. Es funktionierte nicht. Das Lächeln wollte einfach nicht kommen, so sehr sie sich auch bemühte. Während er sie nervös beobachtete, fiel ihm ein, daß auch für sie diese Nachmittage nur eine scheußliche Zeit waren, in der man saß, litt und sich wand.

In diesem Augenblick hatte sein Vater es kapiert.

Sein plötzliches Auflachen füllte den Raum. Alle an den Tischen rundum starrten wieder, weniger verstohlen diesmal, während Mr. Seton nach Luft schnappte und sich den Bauch hielt. Seine Brille rutschte ihm die Nase hinunter und fiel auf seine Knie. Tränen glitzerten in seinen Augen. Seine Schultern bebten.

»Zwischen einer Krähe!« platzte er heraus, halb erstickt vor Vergnügen. »Besonders das linke! Oh, Ally, Junge, wie konntest du!«

Er ließ sich in seinen Stuhl zurückfallen und brüllte vor Lachen. Seine langen verkrampften Beine schossen hervor, erwischten das Tischbein, und die Teetassen, das Milchkännchen, die Löffel und alles fielen Tante Chloe in den Schoß und durchnäßten sie zum zweitenmal an diesem Tag, und ihr Stuhl war von silbrigen Pfützen umgeben.

Tante Chloes blaßblaue Augen weiteten sich vor Entsetzen. Ihr Mund öffnete sich. Sie schaute hinunter auf die Trümmer in ihrem Schoß und gab ein nervöses Lachen von sich. Ein komisches, abgerissen klingendes Lachen, in einer einzigen Tonlage. Aber trotzdem ein Lachen. Es zählte.

Der arme Ally stöhnte. Er hätte sie wirklich umbringen können. Er hätte sie alle umbringen können. Unbemerkt in dem allgemeinen Durcheinander stampfte er voller Wut auf die Fußbodenbretter, die aber, im Gegensatz zu denen des armen alten Rumpelstilzchens, standhielten.

Tante Chloe, hilflos in ihrem durchnäßten Kleid, wurde prompt von der nächsten Schwester davongeführt.

»Bis Sonntag also«, rief Allys Mutter ihr zur Erinnerung nach, über die anderen Tische hinweg, was Ally gehässig und überflüssig fand. »Dann besucht Ally dich.«

Ihr Ehemann, noch immer fröhlich, half ihr in den Mantel. Ally sah auf, um seiner weggehenden Tante einen tröstlichen, giftig funkelnden Blick nachzuschicken, der ihn durch die ganze Woche bringen sollte. Aber er schaffte es nicht. Gerade als sein Gesicht finster wurde, sah er, wie sie neben der Tür störrisch eine kleine Pause machte, sich dem ruhigen, schützenden Arm der Schwester entzog, und dann das winzige, steife, ungeübte Winken in seine Richtung, das nur ihm galt.

Ally grinste über das ganze Gesicht und winkte zurück.

4

Früh am nächsten Sonntagmorgen saß Ally mit gekreuzten Beinen und gerunzelter Stirn neben seinem auf den Kopf gestellten Fahrrad und drehte das Hinterrad, das er gerade in Ordnung gebracht hatte, mit schwarzen Fingerspitzen im Kreis herum, immer und immer wieder. Er fand das gleichmäßige Surren des Rades beruhigend. Er sah gerne zu, wenn der innere Teil zu einem silbrigen Nebel verschwamm und sich dann, wenn die Umdrehungen langsamer wurden, wieder in Speichen verwandelte. Und er wußte, solange das hohe, winzige, tickende Geräusch des Rades durch das weit geöffnete Küchenfenster ins Haus schwebte, würde sich seine Mutter nicht hinauslehnen, mit einem weiteren »klitzekleinen Job, für den Ally nicht lange brauchen würde«, bevor er sich auf die lange Radtour zum Crispin-Hospital begab.

Er hatte keine Lust, klitzekleine Jobs zu erledigen, wie wenig Zeit sie auch in Anspruch nehmen mochten. Er wollte einfach in Ruhe gelassen werden, nur für eine Weile. Er wollte nachdenken.

Er wußte, so deutlich, als hätte seine Mutter es durch ein Blechmegaphon von einem offiziellen Podium verkündet, daß sich zwischen ihnen ein großer Krach anbahnte, der jetzt sehr nahe war. Er hatte während der ganzen Woche gespürt, daß das Barometer immer mehr auf Sturm zeigte. Jeden Morgen ertappte er sich dabei, wie er, gleich einem kleinen vorsichtigen Tier, nach dem Wind schnupperte.

»Guten Morgen, Mum«, sagte er dann, so fröhlich er konnte, und fand sich an dem kleinen Frühstückstisch ein, ordentlich gekleidet, mit glattgekämmtem Haar, bevor sie auch nur Zeit hatte, ihn vom Fuß der Treppe zum zweitenmal zu rufen.

Zuerst antwortete sie meistens nicht. Sie wandte ihm den Rücken zu, weil sie schon am Spülstein stand und Teller und Tasse seines Vaters abspülte. Und wenn sie ihn dann ziemlich zurückhaltend begrüßte, nach einer Pause, als habe sie sich gefragt, ob sie an diesem Morgen mit ihm sprechen sollte oder nicht, riskierte er einen Blick auf ihr Gesicht, als sie nach dem Messer griff, und sagte sich: Nein, jetzt noch nicht. Aber vielleicht heute abend.

Er schlang seine Cornflakes viel schneller hinunter, als angenehm war, um sich möglichst bald ungeschoren in Richtung Schule absetzen zu können.

Es war, dachte er, wie bei einem Picknick im Sommer, wenn der Himmel über einem dunkel wird, oder wie Schlittschuhlaufen auf dünnem Eis. Und es würde in gewisser Weise eine Erleichterung sein, wenn die ersten dicken Tropfen endlich herunterklatschten und einen zwangen, einen Zufluchtsort zu suchen, oder wenn das knirschende Eis schließlich nachgab, in riesige, tückisch schwankende Puzzlestücke zerbrach, über die man entweder auf Zehenspitzen hinüberlaufen und sich an das sichere Ufer retten konnte oder zwischen denen man ins kalte Wasser rutschte und ertrank.

Es gab jetzt kein Entkommen mehr, das wußte Ally. Dieser Krach würde stattfinden.

Aber er hatte nichts gesagt oder angestellt, denn wenn er das getan hätte, wäre ihm das schnell genug mitgeteilt worden, das war sicher. Konnte es sein, daß das, was er tun *wollte*, sie so aufbrachte – mit dem Rad zum Crispin-Hospital fahren? Es lagen zwei schnelle und vielbefahrene Straßen auf dem Weg dorthin, und sie mochte nicht, wenn er dort fuhr. Sie machte sich große Sorgen, wenn Ally woanders als in der Siedlung fuhr.

Und doch wußte Ally, wenn er sein Versprechen, Tante Chloe heute zu besuchen, nicht hielt, würde seine Mutter *Monate* lang immer wieder damit kommen, als Beispiel dafür, daß man seinen Versprechungen nicht trauen konnte.

»Ich wasche das Auto morgen, ehrlich«, mochte er bitten, wenn gerade ein wichtiges Rugby-Länderspiel begann.

»Das kenn ich, Ally«, würde sie entgegnen, den Fernsehstecker aus der Steckdose hinter der Wohnzimmertür ziehen und den vom Hoover reinstecken. »Und wie war es damals, als du hoch und heilig versprochen hast, Tantchen Chloe zu besuchen, und es nicht getan hast? Wie war es da?«

Das konnte nicht der Grund sein. Was war es also?

Er ließ Schraubenschlüssel geräuschvoll auf den Betonboden fallen, damit sie sich nicht um ihn kümmerte, während er sich noch einmal die ganze Woche durch den Kopf gehen ließ, auf der Suche nach einer Erklärung.

»Wie schön, einmal einen ganzen Sonntag für sich zu haben«, hatte seine Mutter seit Montag oft genug erklärt, und jedesmal in dem gleichen Ton angenehmen Erstaunens, als habe sie erst gerade eben daran gedacht.

»Du wirst deine Verabredung mit Tante Chloe

nicht vergessen, nicht wahr?« sagte sie immer wieder, in ihrer etwas neckischen Art, fast als wisse sie ganz genau, wie sehr all ihre ständigen nörgelnden Mahnungen ihn nervten.

Er setzte das Hinterrad so heftig in Gang, daß das Fahrrad auf seinem unsicheren Stand auf dem Dreieck aus Lenkstange und Sattel zu wackeln begann. Als er an Mittwochabend zurückdachte, vertiefte sein Stirnrunzeln sich.

Er hatte ihnen beim Abendessen vom Krawall in der Laienschauspielgruppe der Schule an jenem Tag erzählt. Er hatte sich über den Tisch gebeugt und aufgeregt mit seiner Gabel herumfuchtelnd beschrieben, wie Susan Lovell, die die Rolle des Heralds spielte, sich in Pig Mackays aufwühlende Kriegsrede eingemischt hatte – genau die Rede, bei deren Abfassung Ally persönlich Pig während vieler Mittagspausen geholfen hatte.

Anstatt zu warten, bis Pig es geschafft hatte, seine unruhigen Soldaten in Kampfesstimmung zu versetzen, und dann die eine kurze Zeile Text, die man ihr gegeben hatte, so zu sprechen, wie es sich gehörte: *»Führ, Herzog Clint, deine Soldaten an«*, hatte Sue die Arme hochgeworfen und Pig unterbrochen, gerade als er an die großartige Stelle kam, mit der sie sich beim Schreiben so viel

Mühe gemacht hatten, und die alle anderen in der Gruppe jedesmal, wenn sie sie hörten, so entzückte.

»Welche Stelle ist das?« fragte sein Vater und strich sich Butter auf den Toast.

»Iß deine Bohnen«, sagte seine Mutter.

Ally schob sich gehorsam und hastig den Mund voll und schluckte die Bohnen ungekaut hinunter, um mit der Rede weiterzukommen.

»Unseren Feinden werden die Eingeweide aus den Bäuchen quellen«, hatte er dramatisch zitiert, die Ketchupflasche in der Hand.

»Und diese Narzissen und Primeln besudeln,
Sich verheddern in den Beinen von geschwächten,
blutigen Hengsten,
Die mit Leichen auf dem Rücken fortgaloppieren.
Und Hirne und geronnenes Blut und Fleischfetzen
Werden auf diesem Feld liegen, verfaulen,
vermodern
Und verschimmeln ...«

»Nicht bei Tisch, lieber Junge«, sagte Nancy Seton.

»Er hatte sowieso keine Chance, es zu sagen«, unterbrach Ally sich selbst kummervoll. »Sue fuhr dazwischen. Sie brüllte so laut, daß Pig sie nicht ignorieren konnte: ›*Halt, Herzog Clint, deine Soldaten zurück!*‹«

»Nur eine Zeile, und dann hat sie's auch noch falsch gemacht«, sagte Allys Vater mitfühlend.

»Ally, dein Kotelett wird ganz *kalt*.«

»Warte nur, bis du *alles* gehört hast«, erklärte Ally ihr. »Du hast noch nicht die Hälfte gehört. Pig ließ sich das natürlich nicht gefallen.«

»Sie haben ihm nicht umsonst die Rolle des Herzogs Clint gegeben«, sagte James Seton.

»Er schenkte sich die Rede. Sie hatte sie sowieso verdorben. ›*Vorwärts, Männer. Lauscht nicht auf dies Geschwätz!*‹ schrie Pig und stampfte mit allen Männern hinter sich über die Bühne, vorbei an Sue und in die Kulissen. Sie mußten trampeln, so laut sie konnten, um eine wütende Armee darzustellen. Es sind nur neun, wegen des Fußballtrainings.«

»Schnelles Denken«, sagte Allys Vater. »Gute Taktik.«

»Nicht gut genug«, erklärte Ally seinem Vater. »Gerade als Pig in den Kulissen verschwand, packte Sue ihn an den Haaren und zog ihn zurück. Sie stellte ihm vorsätzlich ein Bein und trat ihm auf den Kopf.«

»Trat ihm auf den *Kopf*?«

»Tatsache«, sagte Ally, hell entzückt, wenn er nur daran dachte. Das Essen lag unberührt auf seinem Teller. »Trat ihm auf den Kopf! Dann fing sie an zu kreischen: *»Idiot*! Großer dicker fetter *Dummkopf*! Du und deine verdammten wütenden Soldaten haben gerade meine Kontaktlinse zertrampelt! Mit dir rechne ich noch ab, Pig Mackay. Wirst schon sehen!«

Ally grinste seine Eltern an. Die mit Bohnen vollgehäufte Gabel seines Vaters verharrte abrupt, mitten in der Luft.

»*So was*!« sagte er bewundernd. »Was in dieser Schule nicht alles *passiert*. Wer hätte das gedacht?«

Ally, völlig zufrieden mit dieser Reaktion, wandte sich erwartungsvoll seiner Mutter zu. Aber sie war aufgestanden, als er aufhörte zu sprechen, und hatte begonnen, Teller auf dem Abtropfbrett zu stapeln.

»Du vergißt doch deine Verabredung mit Tantchen Chloe am Sonntag nicht?« hatte sie in das erwartungsvolle Schweigen hinein gesagt.

Allys Gesicht verdüsterte sich. Sie hatte nicht einmal zugehört. Sie hatte nur darauf gewartet, daß er mit seiner Geschichte zum Ende kam, um den Tisch abzudecken. Sie hatte nicht ein Wort von dem gehört, was er sagte. Sie könnte genausogut seine Tante Chloe sein, wenn man bedachte, was sie von allem zur Kenntnis nahm.

Mit finsterer Miene rührte er in dem Essen auf seinem Teller herum, bis es sehr unappetitlich aussah.

»Diese Sue Lovell hört sich ganz schön energisch an«, sagte James Seton, der die Enttäuschung seines Sohnes spürte.

»Ja, das ist sie«, erwiderte Ally dankbar. »O ja. Das ist sie. Sie hat Pig schon zweimal vorher verprügelt.«

Sie lächelten einander über den Tisch hinweg an. Ally fühlte sich besser.

Er wirbelte das Rad so heftig und schnell herum, während er über dies alles nachdachte, daß Nancy Seton, die das Klappern hörte, sich aus dem Küchenfenster beugte, um zu sehen, was er vorhatte.

»Was machst du, Ally?« rief sie.

Ich drehe das Hinterrad von meinem Fahrrad, dachte Ally mürrisch.

»Nichts«, sagte er.

Er rappelte sich auf, bevor der klitzekleine Job kam, und fing an, sein ganzes Werkzeug zurück in den Kasten zu stopfen.

Aber sie war gütig, sagte er sich schuldbewußt. Als Sue ihm ihre Sonntagsdauerkarte für die Eisbahn in Munford angeboten hatte, weil sie zum Schlittschuhlaufen nicht gut genug sehen konnte, bevor sie ihre neue Kontaktlinse bekam, schien seine Mutter wirklich sehr dafür zu sein, daß er das Angebot annahm.

»Natürlich mußt du gehen, Ally«, sagte sie, als er es früh am Freitagmorgen erwähnte.

»Nein«, sagte Ally. »Ich habe es Tante Chloe versprochen.«

»Aber du läufst doch so gern Schlittschuh.«

»Ja«, sagte er. »Aber nicht diesen Sonntag. Ich kann mein Versprechen nicht einfach vergessen, oder?«

Er hatte das auch gar nicht wirklich gewollt. Ein- oder zweimal in der Woche hatte ihm ein Bild von seiner Tante Chloe vor Augen gestanden, wie sie in ihrem nassen Kleid neben der Tür stand – das kleine Winken, das nur ihm galt. Er hatte das Gefühl einer seltsamen Zusammengehörigkeit gehabt, als hätten sie etwas miteinander gemein. Er wollte sie nicht enttäuschen, einfach nicht auftauchen. Er wußte, daß die meisten Dinge ihrem Gedächtnis entschwanden. Und doch könnte sie sich die ganze Woche hindurch daran erinnert haben. Sie könnte auf ihn warten. Sie könnte tief enttäuscht sein, wenn er sich drückte.

»Es würde ihr nichts *ausmachen*«, hatte Allys Mutter gesagt und ein wenig verächtlich gelächelt, während sie die Borde in der Speisekammer auswischte. »Ich wette, sie weiß nicht einmal mehr, daß du kommst.«

Ally hatte mit den Schultern gezuckt. Fast hätte er gesagt »das werden wir ja sehen«, nur war es einer ihrer Lieblingsausdrücke, und er hatte sich geschworen, ihn niemals zu benutzen. Aber er war verletzt.

»Trotzdem gehe ich«, hatte er gesagt.

Man sollte meinen, dachte er, während er sein Fahrrad wieder richtig herum stellte und an den Zaun lehnte, daß sie sich freute, wenn er sich nicht drückte, nur um Schlittschuh zu laufen. Aber er wußte, daß sie das nicht tat. Es gab da ein Gefühl, das er manchmal hatte, immer häufiger in der letzten Zeit, nämlich daß er eine Sache hörte, doch etwas anderes fühlte. Die Tatsachen sagten ja, das Gefühl sagte nein. Es war auch keineswegs ein neues Gefühl.

Er erinnerte sich, wie er als kleiner Junge zu ihr in die Küche, wo sie beschäftigt war, getappt kam, seinen Tuschkasten und die Pinsel unter dem Arm. »Kann ich jetzt malen?« – »Oh, meinetwegen«, hatte sie stirnrunzelnd gesagt. Und dann die endlosen gereizten Anweisungen. »Hol dir erstmal eine Schürze, Ally. Breite ein paar Zeitungen aus. Nimm für das Wasser etwas aus Plastik, das Glas da könnte zerbrechen. Nicht auf dem Tisch,

Schätzchen, ich will gleich Teig ausrollen.« Und meistens hatte er aufgegeben – war ihr still aus dem Weg gegangen und hatte Puzzles zusammengesetzt, obwohl sie ja gesagt hatte.

Das konnte er verstehen. Jetzt, da er älter war, konnte er verstehen, warum sie immer zweierlei Meinungen zu haben schien, wegen des Durcheinanders, das sie voraussah, er aber nicht.

Aber dies, dies war etwas anderes. Es war, als wisse sie auch jetzt nicht, was sie wollte. Am Abend vorher hatte er gehört, wie sie zu seinem Vater sagte:

»Oh, vermutlich werden am Ende *wir* hingehen müssen.«

Es hatte sich fast angehört, als freue sie sich darüber, fand Ally. Und heute morgen hatte sie gleich wieder angefangen:

»Es ist immer noch Zeit, zu Sue zu sausen und die Dauerkarte zu holen.«

»Es ist so weit bis zum Krankenhaus, Ally. Vielleicht solltest du nicht fahren. Es sieht nach Regen aus.«

»Dein Vater und ich fahren ohnehin in die Richtung, zu den Gärtnereien. Wir können vorbeischauen.«

»Nein«, hatte er gesagt. »Ich fahre hin.«

Er konnte sich wirklich keinen Reim darauf

machen. Er konnte nur hoffen, daß er wegkam, bevor der Krach ausbrach. Warten bis zum Abend damit. Und morgen war wieder Schule. Die Dinge würden sich beruhigen.

Endlich stieß er die Küchentür auf.

»Ich geh jetzt«, sagte er zu ihr.

Sie sah auf von dem Berg schmutziger Wäsche, den sie auf dem Küchenboden in kleinere Berge sortierte.

»Da bist du ja, Ally«, sagte sie. Dann zeigte sie auf den Abfalleimer aus Plastik: »Würdest du das rausbringen, bevor du gehst? Es ist nur eine Kleinigkeit. Du wirst nicht lange brauchen.«

Ally brauchte nicht lange, aber es ärgerte ihn trotzdem.

Er munterte sich selbst auf, indem er den ganzen Weg zum Krankenhaus wie ein Besessener in die Pedale trat, aber trotzdem kam er erst nach elf an. Tante Chloe schien tatsächlich auf ihn zu warten – zumindest zeigte sie keine Überraschung, als er zu ihr ging und sie am Arm berührte, und ließ sich von ihm anstandslos durch die Eingangstür nach draußen führen.

Er wollte den offenen Rasen nicht überqueren – zu viele Besucher. Statt dessen führte er Tante Chloe nach hinten und wanderte mit ihr in umgänglichem Schweigen um die Blumenbeete, bis er jemanden zwischen den angrenzenden Gemüsebeeten herumkriechen und den Spinat klauen sah und zu seinem Entzücken plötzlich Riley erkannte.

Er lief zu ihm, um ihn zu begrüßen, Tante Chloe im Schlepptau.

»Ich fühle mich nicht schuldig«, versicherte Riley ihnen, zermartert von Schuldgefühlen. »Das meiste verkommt. Und dann achte ich immer darauf, von jedem die gleiche Menge zu nehmen, wenn Flora auch sagt, Frank Newsams Spinat sei der beste.«

»Du nimmst dir ein Beispiel an Schneewittchen«, sagte Ally fröhlich. »Wer hat von meinem Spinat gegessen?«

Riley kräuselte die Lippen, als fände er Allys Bemerkung gar nicht so witzig. Er wandte Ally den Rücken zu.

»Ist dies dein Tantchen Chloe?«

Er nahm ihre weiche, schlaffe Hand, preßte sie an die Lippen und küßte sie hingebungsvoll. Tante Chloe blickte erschrocken auf. »Freut mich, Sie kennenzulernen, Madame. Flora hat die ganze Woche von Ihnen geredet. Und über Vitamin B. Und Karotten. Sie möchte sich gern mal richtig mit Ihnen aussprechen. Ihnen ein paar Broschüren leihen. Kommen Sie doch mit zum Lunch.«

Tante Chloes Gesicht war völlig ausdruckslos. Ally dachte an Floras Verwünschung und deutete an: »Ich dachte, ihr wollt nicht, daß jemand weiß…«

»Das will ich auch nicht«, sagte Riley hastig. »Ganz gewiß nicht. Schon gar nicht, wenn im Salat Diebesgut schwimmt.« Er wedelte Ally lässig mit dem Spinatbüschel zu. Ein kleines schwarzes Insekt fiel aus dem Spinat auf sein Haar und begann auf sein Ohr zuzukriechen. »Aber du hast uns erzählt, daß Tante Chloe nie spricht.«

»Darauf kann man sich nicht *verlassen*«, sagte Ally düster; er dachte an das Lachen und das kleine Winken.

Riley legte seinen nackten Arm um Tante Chloes Taille.

»Floras Küche wird Ihnen wahrscheinlich gefallen«, redete er ihr ganz unbefangen zu. »Da Sie ja mehr interessiert, woraus es besteht, als wie es schließlich schmeckt. Und später können Sie und ich vielleicht ein Geschäft machen. Ich schleiche mich nach Einbruch der Dunkelheit her, mit Rote-Bete-Pastete, Spinat-Eintopf, dünner Stengelsuppe und all den anderen schrecklichen Dingen, mit denen sie mich verhungern läßt. Sie können mir als Gegenleistung gesundes, nahrhaftes Dosenfleisch durchs Fenster reichen.«

»Tante Chloe ist im obersten Stock untergebracht«, sagte Ally.

Riley sah sehr betroffen aus.

»Das stimmt doch nicht!« sagte er. »Wirklich?« Er schüttelte den Kopf. »Man fragt sich, wie Leute von dreißig Meter Höhe aus überhaupt wieder Boden unter den Füßen gewinnen sollen.«

Tante Chloe hatte nicht zugehört. Ein Rascheln und Flügelschlagen inmitten der nahen Büsche fesselte ihre Aufmerksamkeit. Bevor er zu Ende gesprochen hatte, begann sie, davonzuwandern. Aber Riley ergriff ihre Hand wieder und zog sie sanft zurück auf den Kiesweg.

»Wir dürfen nicht zu spät kommen«, ermahnte er sie. »Sie wissen so gut wie ich, daß geschmorter Rosenkohl *pünktlich* serviert werden muß.«

Unten am Morast schnürte Riley die abgetragenen grauen Turnschuhe Tante Chloes auf, band sie zusammen und hängte sie sich, die Socken tief hineingestopft, zusammen mit seinen eigenen Schuhen um den Hals.

»Wenn Sie sich nicht *konzentrieren*«, erklärte er Tante Chloe streng, »fallen Sie wahrscheinlich rein.«

»Und *ertrinken*«, fügte Ally hinzu in der Hoffnung, der Angelegenheit Nachdruck zu verleihen. Er fühlte sich verantwortlich und befürchtete, etwas Schreckliches könnte geschehen. »Die Tabletten, die sie ihr geben, machen sie manchmal schwindelig«, sagte er leise zu Riley.

»Dann soll sie sich lieber an uns festhalten«, sagte Riley.

Er führte sie langsam, vorsichtig auf die verborgene Brücke. Sie blickte einmal nach unten, voller Erstaunen, als ihre Füße naß wurden, als ob das Wasser, obwohl sie es vor sich gesehen hatte und wußte, daß Wasser naß ist, doch ein Schock für sie war.

Ally, hinter ihr, dachte ein wenig nervös, daß er es auf die eine oder andere Weise immer schaffte, Teile seines Tantchens mit Nässe in Berührung zu bringen. Wahrscheinlich würde sie sich eine Lungenentzündung zuziehen und seinetwegen sterben.

Das Wasser war recht kühl und fühlte sich an den nackten Füßen schlammiger als vorher an. Seltsame, beunruhigende sumpfige Gerüche wehten immer wieder auf. Er stellte sich plötzlich vor, wie sonderbar sie drei aussehen mußten – eine Linie von sich seitwärts bewegenden Wasserläufern, die Füße bis zum Knöchel unter der Oberfläche, einander an den Händen haltend, und keine Brücke zu sehen.

Auf halbem Weg blieb Tante Chloe plötzlich

und ohne Warnung stehen und brachte ihre unvorbereiteten Helfer aus dem Gleichgewicht. Sie entriß ihre Hände ruckartig denen von Riley und Ally und stand völlig unbeteiligt dabei, als Rileys Arme heftige Windmühlenflügelbewegungen vollführten und die beiden Schuhpaare von seinem Hals ins trübe Wasser sausten.

Sie stellte sich auf die Zehenspitzen und machte eine halbe Schwenkung, als beabsichtige sie, den Rest der kurzen Überquerung unbehindert von irgendwem zurückzulegen. Sie streckte die Arme anmutig vor sich aus. Die Rüschen an den Ärmeln ihres gelben Kleides fielen zurück und enthüllten bläuliche Narben an ihren Handgelenken. Ihr Haar wehte in der leichten Brise. Sie warf den Kopf zurück und sang mit einer kehligen und gebieterischen Stimme, die Ally noch nie von ihr gehört hatte und die eigentlich gar nicht ihre eigene Stimme war, eine Melodie, die für Ally wie *London Bridge* klang, doch einen ganz anderen Text hatte:

»Ich bin Mr. Hacketts Frau!
Seht mich an!
Seht mich an!«

Ally starrte sie nur an, während Riley seinen angehenden Lunchgast mit leiser Stimme wortreich verwünschte und Tante Chloes Hand wieder an sich riß, sobald er sein eigenes gefährdetes Gleichgewicht zurückgewonnen hatte.

Sie brach ihr Lied ab, als er ihre Hand berührte, und Riley führte sie sicher und stumm ans Ufer.

»Haben alle in deiner Familie selbstmörderische Anwandlungen auf zerfallenen Brücken?« brüllte er Ally gehässig an, vor Schreck noch immer zitternd, und fischte auf den Knien zwischen den Wasserpflanzen nach den durchweichten, langsam sinkenden Schuhen.

Fairerweise hätte er Tante Chloe als diejenige anbrüllen sollen, die ihn aus der Fassung gebracht hatte, aber sie war fast unmittelbar nach ihrem plötzlichen Ausbruch in sich selbst zusammengesunken und stand jetzt eingeschüchtert da und schaute zwinkernd auf Sonnenflecke auf den grünen Blättern rundum.

Ally, dem das Ganze äußerst peinlich war, sah beide finster an und wandte ihnen dann den Rükken zu. Sein Gesicht war dunkelrot, einerseits wegen der Beleidigung, andererseits weil sie so ins Schwarze traf.

»Du hast uns gar nicht erzählt, daß Tantchen Chloe verheiratet ist«, sagte Riley eine Weile später friedfertig, bemüht, wieder Frieden mit Ally zu schließen, nachdem er jetzt seine Schuhe gerettet hatte. Er setzte sich ein Stück höher auf die Uferböschung und begann, die langen aufgeweichten Schnürbänder zu Schleifen zu binden.

»Ist sie auch nicht«, entgegnete Ally kurz, noch immer abgewandt. Er war immer noch tief gekränkt.

»Wer ist denn dieser Mr. Hackett?« fragte Riley beharrlich weiter.

»Er wohnt da oben«, sagte Ally und deutete mit dem Kopf in die Richtung. Und da Riley schwieg und mehr zu erwarten schien, fügte er hinzu: »Er ist ein alter Mann, der einen Morgenrock trägt. Er segnet alle Leute.«

»Meinst du Gott?« fragte Riley sanft und starrte auf Allys Rücken, fürchtete aber um seinen Verstand.

»Nein, Mr. *Hackett*«, wiederholte Ally gereizt.

»Jesus Hackett-Christus?«

»Der alte *Arnold Hackett*!« brüllte Ally und wirbelte herum, um Riley wutentbrannt anzufunkeln. »Da *oben*. Auf dem *Berg*. Station *Somerset*. Er trägt einen alten grauen *Morgenrock*. Er steht jeden Sonntag neben der *Tee-Durchreiche*. Er sagt, er sei sehr *heilig*. Er segnet alle, die sich einen *Tee* kaufen.«

»Aaaah«, hauchte Riley, der plötzlich begriffen hatte, erleichtert. »Der alte Mr. *Hackett*. Das hättest du ja *sagen* können.«

Er rappelte sich auf und gab Tante Chloe ihre tropfenden Turnschuhe zurück. Sie musterte sie, als gehörten sie ihr nicht, stellte sie dann ordentlich nebeneinander auf den Boden und marschierte davon. Seufzend hob Riley die Schuhe auf und folgte ihr.

Nachdem ihre Turnschuhe endlich zugebunden waren, führte Riley seinen Gast unverzagt weiter durch das dichte Unterholz unter den alten Bäumen. Ally bildete die Nachhut, um dafür zu sorgen, daß sie Tante Chloe nicht verloren.

Die Brombeerranken verflochten sich über ihren Köpfen und manchmal unter ihren Füßen. Ally war noch nie zuvor in einem so dichten Wald gewesen. Die teichgrünen Tunnel des ausgetretenen Pfades verschluckten sie und führten sie weiter, vorbei an der kleinen Abzweigung, die zu Floras Namen ging, um merkwürdige verschnörkelte Biegungen herum, über weiche, verfaulende Bretter, die schmale, klare, schnell fließende Bäche überquerten, und immer weiter, bis das wilde, dornengespickte Dickicht direkt vor ihnen so dunkel und undurchdringlich wie eine richtige Mauer wurde.

»Ich könnte mich zu Flora durch*hacken*«, murmelte Ally und blieb langsam stehen, wieder einmal mit offenen Augen träumend. Diesmal war er nicht Rumpelstilzchen.

»*Was* sagtest du da?« fragte Riley, leise und drohend. »*Was* habe ich dich sagen hören?«

»Nichts«, sagte Ally prompt.

»Hör mal«, zischte Riley. »Kleiner Ally.« Er zog Ally am Kragen seiner Jacke näher zu sich, über die moosbewachsenen Wurzeln und die zerbröckelnde, mit faulenden Pilzen besetzte Borke hinweg und drückte sein finsteres Gesicht fast auf Allys Nase. »Du hast nicht mehr Veranlassung, dich für Dornröschens hübschen Befreier zu halten als deine Tante, die Rolle von Mr. Hacketts schwebender Ehefrau zu übernehmen. Wenn *irgendwer* aus diesem gottverlassenen Dickicht befreit werden müßte, dann *ich*, nicht Flora!« Er pikte Ally energisch in den Bauch. »Und eins will ich dir sagen, Alasdair Seton. Wenn du und ich auf dem Flohmarkt angeboten würden, würde Flora mich zuerst kaufen.«

»Tut mir leid«, sagte Ally.

Er entzog sich Rileys Griff und blickte verlegen geradeaus. Und so entdeckte er schließlich das Tor, und erst jetzt wurde ihm klar, daß sie wirklich auf eine Mauer gestoßen waren.

An manchen Stellen konnte man sie überhaupt nicht sehen, so dicht war das zerbröckelnde, durchlöcherte Steinwerk jetzt von üppigen, wuchernden Schlinggewächsen umhüllt. Wenn nicht das Tor gewesen wäre, dachte Ally, das angelehnt war, hätte man die Mauer selbst leicht übersehen können, so gut war sie verborgen in dem dichten, beschützenden dunkelgrünen Mantel. Die Torflügel waren schmal und hoch und bestanden aus Eisen, das zu komplizierten verschlungenen, sich windenden Mustern geschmiedet worden war, wie sich krümmende kohlschwarze Schlangen. Jemand hatte das Tor vor kurzem von den Kletterpflanzen befreit. Nur einige kleine energische Ranken, blaßgrün und mit weißlichen Spitzen, schlangen sich an den niedrigsten Windungen hoch.

Tante Chloe zuckte vor dem Tor furchtsam zurück, aber Ally ergriff ihre Hand, die zitternd in seiner lag, als fürchte sie, die Schlangen seien lebendig. Ally erinnerte sich voller Verständnis, daß er das gleiche bei den Eck-Wasserspeiern an der Kirche von Munford empfunden hatte – noch immer empfand, an dunklen, nassen Abenden. Er umschloß ihre Hand mit kräftigem Griff und zog Tante Chloe hinter sich durch das Tor, und als sie drinnen waren, sah er sich verwundert um.

»Ist es hier, Riley?« fragte Ally. »Ist dies der Ort, wo die Tiere gehalten wurden?«

Riley strahlte vor Stolz, breitete die Arme weit aus und sagte wie ein Grundbesitzer:

»Ja. Hier ist es. Wir nennen es Gemüsehalle. Die Steinmenagerie.«

5

Die stillen, leeren Käfige lagen in einem Kreis um Ally herum, in einem seltsamen, blaßgrünen Unterwasserlicht, eingeschlossen von riesigen hohen Bäumen. Die Bäume umsäumten die alte Lichtung, und ihre ausladenden belaubten Äste verflochten sich hoch oben zu gewaltigen gefiederten Gewölben, durch die der helle klare Sonnenschein gefiltert wurde.

Es sieht aus wie ein großes, grünes, schattiges Goldfischglas, dachte Ally, ließ die kalte, schlaffe Hand seiner Tante los und trat auf dem saftigen Gras weiter vor.

Jeder der Käfige war aus dickem grauem Stein, die Vorderseiten mit schweren Eisenstangen vergittert. Quadratische Käfige wechselten sich mit rechteckigen ab. Zweimal wurde der Kreis von tiefen Gruben durchbrochen. »Bären, höchstwahrscheinlich«, sagte Riley und zeigte auf eine Grube. Alles war dicht bedeckt mit hohem verschleierndem Grün: Moose, Farne und Gräser, Kletterpflanzen und Dorngestrüpp.

Ich hätte mitten hindurch marschieren können, dachte Ally, und nichts gemerkt haben; es ist alles so grün.

In dem Käfigkreis herrschte eine sehr bedrükkende, halb verlassene Atmosphäre, als seien die Tiere, die hier gelebt hatten und gestorben waren, noch nicht ganz verschwunden. »Die Löwen müssen es *gehaßt* haben!« rief Ally plötzlich und sah sie vor sich hinter den Gittern, die großen schwarzen Nasen schwer auf den Pfoten liegend, mit jenem benommenen, halblebendigen Ausdruck. »Völlig verkrampft! Keine richtige Sonne!«

»Damals war es nicht ganz so schlimm«, sagte Riley beruhigend und schaute mit weit zurückgeneigtem Kopf nach oben. »Die Bäume hatten sich noch nicht so ausgebreitet. Aber ja, sie müssen es gehaßt haben. Alle, nicht nur die Löwen. Ich habe sehr viel über sie nachgedacht, seit wir eingezogen sind.« Er schritt um den Kreis und zeigte in jeden Käfig. »Die Löwen. Tiger. Elefanten, wenn man sie lange halten konnte in dem feuchten Loch. In dieser Grube hier die Bären. Schildkröten. Vielleicht ein Kamel. Ein Zebra. Ein tobender, hin und her rennender Leopard. Und hier, am traurigsten von allen, die vor sich hinstarrenden hoffnungslosen Affen.«

»Hör bitte auf«, rief Ally, völlig aus der Fassung gebracht. Er fühlte, wie seine Beine nachgaben, und setzte sich auf das Gras. Tränen rollten ihm über die Wangen, seine Schultern bebten. Er weinte und weinte.

»Riley«, schluchzte er. »Im letzten Jahr, in den Ferien, sind wir in einen Zoo gegangen, der so klein und vollgestopft wie dieser war.«

»Gut, nächstes Mal wirst du es besser wissen, nicht?« sagte Riley. Dann fügte er hinzu: »Du mußt dir keine Gedanken machen wegen denen, die du bis jetzt gesehen hast. Manchmal dauert es eine Zeit, bis der Groschen fällt.«

»Bei diesem nicht«, sagte Ally kläglich.

»Komm«, sagte Riley und zog ihn auf die Füße. »Komm und begrüße Flora. Flora wird dich aufmuntern. Sie wird dir erzählen, wie vielen kleinen rosa Schweinchen gerade du jedes Jahr das Leben rettest, wenn du Vegetarier wirst, und wie man Zoos und Zirkusse boykottiert.«

»Zirkusse...?«

»Ich fürchte ja«, sagte Riley. »Denk nur mal drüber nach.«

»Meine Eltern sagen, es macht den Tieren Spaß, ihre Tricks vorzuführen«, warf Ally schwächlich in die Debatte. Er sah hoffnungsvoll zu Riley auf. Er ging leidenschaftlich gern in den Zirkus.

»Komm, hör schon auf, Ally«, sagte Riley kalt.

»Die Hunde vielleicht. Vielleicht auch die Shetlandponys. Aber Tiger? *Tiger*? Hast du dir noch nie einen Tiger *angesehen*, Ally?« Er sah das niedergeschlagene, unglückliche Gesicht und legte den Arm um Allys hinunterhängende Schultern. »Weißt du, es wird Zeit, daß du über diese Dinge selbst nachdenkst. Du kannst dich nicht dein ganzes Leben trösten lassen von Dingen, die sie in deiner Familie sagten, um dich aufzuheitern, als du noch klein warst und alles nur zu deutlich sahst.«

»Ich *weiß*«, sagte Ally gereizt. »*Nörgel* nicht.«

Riley zog seinen Arm sofort zurück und tat so, als seien Allys Schultern glühend heiß. Er zuckte gleichmütig mit den Schultern.

»Ich gehe jetzt und hole Petersilie für die Suppe«, sagte er. »Um sie zu strecken, damit sie für vier reicht. Damit sie nach *etwas* schmeckt.«

Ally gab sich große Mühe, trotz seines Elends zu lächeln.

Als sie sich trennten, waren sie wieder Freunde.

Ally ging zurück über die sonnengetüpfelte Lichtung, um seine Tante von dort zu holen, wo sie noch immer stand, neben dem schmiedeeisernen Tor, von wo aus sie entsetzt auf die großen steinernen Käfige starrte. Er betrachtete sie aufmerksam und mit der Spur einer Hochachtung, wie er sie vorher noch nie vor seiner Tante Chloe gehabt hatte.

Sie war wie Flora, sie aß nie Fleisch. Er fragte sich, wann sie darauf gekommen war. Sie hatte es nicht von ihrer Familie, das war ganz klar. Das Lieblingsgericht seiner Mutter waren Nieren auf gebuttertem Toast.

Er fragte sich, ob sie aufgehört hatte, in den Zirkus zu gehen, so wie sie aufgehört hatte, Fleisch zu essen. Sie und ihre Schwester, hatten sie einmal zusammen, gleich angezogen, auf wackligen Holzbänken gesessen, unter der gewölbten Kuppel eines Zeltes aus dunkelgrünem Segeltuch? Dort gesessen, die Hände in den Kleidern verkrampft, und fast hysterisch über die Clowns gelacht, entzückt und verwundert über Glanz und Geglitzer den Atem angehalten, mit weit geöffneten Mündern durch die Lüfte sausende Menschen betrachtet, gehofft, daß die sich drehenden goldenen Kugeln, die in schillernden, Schleifen bildenden Mustern von einem Händepaar zum nächsten flogen, stürzen, herunterfallen würden, um zu beweisen, daß alles echt war? Vielleicht lutschten sie Zuckerwatte und kicherten, wenn das winzige, mit Quasten herausgeputzte Pony unter den Bauch des großen Zugpferdes flitzte und mit fliegenden Hufen auf der anderen Seite wieder auftauchte. Nancy und Chloe, einander ähnlich wie ein Ei dem andern, eine wie die andere der Meinung, daß alles an diesem Abend wundervoll sei.

Aber hatte Chloe dann während der Pause allein zugesehen, wie Männer in dunkelblauen Uniformen, mit silbernen Litzen an den Ärmeln, Käfigwände aus schwarzem Gußeisen eine nach der anderen aus dem Schatten hinter der Musikkapelle in die Manege aus Sägemehl trugen, sie zu einem Kreis zusammenhakten und dann einen großen Kegel aus dickem grauem Netz obendrüber warfen? Vielleicht war sie schon verstummt, als Nancy zurückgetrabt kam, die Stufen zwischen den dicht aufeinander hockenden, schwatzenden Familien hinauflief, die Eisbecher hoch über dem Kopf haltend.

Und wenn der erste schlanke, prächtige goldene Tiger leise aus dem niedrigen Käfigtunnel in die in Flutlicht getauchte Manege tappte, blinzelte, den schweren, kraftvollen Kopf schüttelte und sie aus seinen gelben, tiefliegenden Augen ansah, senkte sie da die Blicke und preßte sich die Finger so fest auf Ohren und Augen, daß es wehtat, so sehr bemüht, das bösartige, pistolenschußähnliche Peitschengeknall nicht zu hören und nicht zu sehen, wie der prächtige, wunderschöne Tiger zusammenzuckte, sprang und die dummen, albernen, idiotischen Dinge tat, die zu tun sie ihn gezwungen hatten? Vielleicht hatte sie es vorgezogen, sich in sich selbst zurückzuziehen und ihn über eine weite, sonnenüberflutete Ebene stampfen zu sehen, in Freiheit, allein.

Und wenn sie, viel später, aufblickte und das Geklirr von schweren Gittern hörte, die endlich weggeholt wurden, war ihr Gesicht da blaß und gequält, wie jetzt, das gelbe Kleid und die Rüschen an ihren Handgelenken verschmiert von dem tropfenden, unberührten, völlig vergessenen Eis, fielen ihr die Socken in Falten um die blassen, dünnen Knöchel, hingen lockere Strähnen mausfarbenen Haares, aus den metallenen Spangen gerutscht, um ihr spitzes, gehetztes Gesicht?

»Du bist nie wieder hingegangen, nicht?« fragte Ally. »Erst der Zirkus, dann der Zoo. Und nicht viel später hörtest du auch auf, gebratenes Geschlachtetes zu essen. Es war sicher schwer, ihnen zu erklären, warum. Es ist nicht leicht, sich gegen sie zu behaupten, wenn man nach all den Streitereien gehen kann, die ich mit Mum habe. Sicher hast du es bald aufgegeben und einfach den Mund gehalten.«

Er scharrte mit den Füßen unruhig im tiefen Laub herum, dachte an das, was noch kommen würde.

»Ich glaube, ich bin robuster als du«, erklärte er ihr nach einer Weile. »Ich habe viel mehr Übung im Widersprechen. Ich stell mich auf die Hinterbeine, wenn alles über mich hereinbricht. Ich weigere mich, wie du klein beizugeben. Aber man sollte ihnen sagen, warum. Ich glaube, auf die Dauer wäre es vielleicht besser.«

Er ergriff ihre Hand und führte sie über das kurze, weiche Gras.

»Komm und begrüße Flora«, sagte Ally beruhigend. »Flora wird dich aufmuntern.«

Der Lunch wurde draußen auf dem Gras gegessen; keiner der Käfige war so sonnig, daß jemand in ihnen hätte sitzen mögen. »Käfige sind gut fürs Abendessen«, erklärte Riley. »Gemütlich, bei Kerzenlicht. Fürs Frühstück sind sie auch in Ordnung. Aber für das Mittagessen und den Tee nachmittags ...« – er warf einen Blick auf die Eisengitter – »wie auf einem *Rost* ...« Er verstummte und grinste reumütig.

»Zu *engmaschig* für die Stimmung«, schlug Ally vor.

Die goldenen Glöckchen an Floras Ohren bimmelten vor sich hin, weil sie lachte, und Tante Chloe kicherte.

Aber sie kann die Wortspiele nicht gehört haben, dachte Ally, etwas verwirrt. Sie kann nicht über das, was gesagt wurde, kichern. Es muß etwas anderes sein, etwas in ihr. Trotzdem würde er sie jetzt genauer beobachten – nach dem hier und dem Winken am letzten Sonntag. Man konnte nie wissen. Trotz all des Unsinns auf der Brücke mit Mr. Hacketts Frau konnte es ja sein, daß es ihr etwas besser ging.

»Suppe?« fragte Flora und reichte ihm eine angeschlagene graue Schale mit einer dünnen und dampfenden grünlich-bräunlichen Flüssigkeit, auf deren Oberfläche welkende Stückchen von etwas anderem schwammen, eine Spur weniger grün.

Er stocherte etwas zögernd mit seinem Löffel darin herum, und seltsame schwarze Gebilde, die ein bißchen wie Mäuseködel aussahen, wirbelten nach oben.

Ally verzog das Gesicht.

»Suppe, Riley«, sagte Flora bestimmt und kickte einen kleinen Haufen saftiger Grashalme, die er mühsam zusammengesucht hatte, aus seiner Reichweite. »Ich *wünschte*, du würdest dir nicht vor jeder Mahlzeit den Appetit verderben.«

»*Crudités*«, sagte Riley mit leiser Stimme.

Ally, der Französisch gelernt, es aber vor zwei Jahren aufgegeben hatte, war schockiert.

Riley griff nach vorn zwischen seine ausgestreckten Beine und hob die rote Blechschale auf, die Flora dort für ihn hingestellt hatte. Er schrie auf vor Schmerz und lutschte jämmerlich an seinen verbrannten Fingern.

»Sie ist im Augenblick noch viel zu heiß zum Essen«, informierte Flora ihn reichlich spät und füllte Suppe in Tante Chloes Schale.

Die Erleichterung war Riley deutlich anzusehen, als er die Schale gehorsam hinter sich stellte, aus dem Weg. Ally hörte die Grashalme zischen, als eine ganze Menge überschwappte.

»Natürlich«, fuhr Flora fort, ein wenig scharf, fand Ally, außer wenn man sich vor Augen hielt, daß Essen als Gesprächsthema die Quelle endloser Streitereien zwischen diesen beiden war. »Natürlich, wenn du sie dort einfach zu lange stehen läßt, wie üblich, wird sie viel zu kalt.«

»So ist eben das Leben«, sagte Riley tief seufzend. Er lehnte sich im Gras zurück und schaute auf das Blätterdach über ihnen. Das Sonnenlicht, das durch die winzigen Löcher sprühte, bemalte ihn über und über mit hellen Flecken. »So ist das Leben auf den Punkt gebracht, Tante Chloe.«

Ally kam plötzlich in den Sinn, daß jetzt, da Riley gleichmütig die Suppe verschmähte, mit der Flora sich schon den ganzen Vormittag plagte, und weiter vage auf Tantchen Chloe einschwatzte, er, Ally, seine erste große Chance hatte, sich in das Vertrauen und die Zuneigung der lieblichen Flora einzuschmeicheln.

Sie saß gelassen wie immer im Gras, ihr Haar und das Gesicht wie Rileys ausgestreckte Gestalt mit Lichtflecken gesprenkelt. Ihr krauses, mit Blättern bestreutes Haar hatte sie heute zu kindlichen Zöpfen geflochten, an deren Enden sie kaute, während sie die drei musterte, die ihrerseits mißtrauisch den Inhalt ihrer Schalen musterten.

Vielleicht, dachte er, wartete sie: wartete auf Komplimente für ihre appetitliche Suppe.

Ein stetiges Löffeln, dachte Ally, anerkennendes Murmeln, während er aß, eine höfliche, doch entschiedene Bitte um mehr, sollte es noch mehr geben, und später, nach dem Nachtisch, wenn es einen gab, die ruhige, aufrichtig vorgebrachte Entscheidung, umgehend und vorbehaltslos ein Vegetarier werden zu wollen: damit sollte es zu schaffen sein.

Er würde den richtigen Eindruck erwecken: zu verstehen geben, daß es bei ihm kein schwächliches Verlangen nach gebratenem Geschlachtetem gäbe, keine haltlosen Rückfälle in Form von geröstetem Maulwurf, wie es Riley passiert war.

Sieh ihn an, dachte Ally verächtlich. Wie er da

ausgestreckt liegt, die Suppe, die Flora ihm gegeben hat, lauwarm werden läßt und statt dessen verzweifelt an ihren nackten Zehen lutscht. Ally beobachtete die abartigen fleischfressenden Gesten Rileys mit eisiger Mißbilligung. So würde *er* sich nicht benehmen, wenn er bei Flora im Rennen war. Er würde sie bitten, ihm ihre Broschüren zu zeigen. Alle. Er würde sie abends mit nach Hause nehmen und lesen, wenn er seine Hausaufgaben gemacht hatte. Sie ihr eine nach der anderen zurückgeben. Die einzelnen Punkte mit ihr diskutieren. Sie würde bald sehen, daß er eher ihr Typ war als der kaninchenjagende Riley. Es würde nicht so sehr lange dauern. Und in ein paar Monaten, wenn er älter war...

Nachdem er ein Programm entwickelt hatte, rührte er seine Suppe um, ließ tiefe Wirbel entstehen und blies energisch drauf. Je heißer seine Wünsche wurden, um so inständiger betete Ally, daß seine Suppe vor Rileys abkühlte.

Sie roch etwas sonderbar, und vage und verschwommene Erinnerungen an den Morast schwebten ihm durch den Sinn, aber Ally war entschlossen, sie köstlich zu finden. Er hob den Löffel und nahm den ersten begeisterten Mundvoll von Floras Suppe.

Es machte ihm Schwierigkeiten zu schlucken.

Auch wenn er wußte, daß die Umgangsformen keine Alternative zuließen – er konnte die Suppe nicht einfach vor Flora ins Gras spucken –, hatte er Schwierigkeiten zu schlucken. Und während er sich abmühte und seine Wangen und Augen vorquollen, sah er sich nach Riley um, der neben ihm lag und mit Tante Chloe schwatzte, und eine neue Hochachtung erfüllte ihn: eine ehrfürchtige Bewunderung.

Dieser Mann hatte mehrere Monate mit Flora zusammengelebt. Es mußten mindestens fast neun gewesen sein, dachte Ally, und seine Augen wanderten wieder zu Floras geschwollenem Bauch. Hatte mehrere Monate mit Floras Essen überlebt, nur gelegentlich ein hart erkämpfter gekochter Igel oder ein eingetauschtes Stück Dosenfleisch aus der Anstalt, um ihn bei Kräften zu halten.

Ally konnte echte Leistungen erkennen, wenn er auf sie stieß. Er saß, etwas ernster geworden, im Gras und zollte Rileys Zielstrebigkeit stumme Hochachtung, den Mund noch immer voll schleimiger, Übelkeit erregender Suppe, und sein Hals wehrte sich heftig gegen das ersehnte Schlucken, die einzige Hoffnung auf Erlösung.

Er trat Flora ab, ein für alle Male. Er würde nicht länger um sie kämpfen, entschied er. Flora gehörte Riley. Riley konnte ihr Essen essen. Riley hatte sie verdient.

Er glühte vor Bewunderung für den Mann, für seine Zurückhaltung und seinen Mut. Er würde *ihm* zuliebe schlucken.

»Glucks.«

Ally schluckte so leise er konnte. Die Erlösung war verdient; die Suppe rutschte hinunter. Sie schmeckte noch schlimmer, als er befürchtet hatte. In diesem Augenblick nahm Allys blinde und heftige Schwärmerei für Riley ihren Anfang.

Er kippte seine Schale so unauffällig wie möglich aus und sah zu, wie die saure grüne Pampe peinlich langsam hinunter ins Gras tröpfelte. Staub zu Staub, dachte Ally. Asche zu Asche. Er hatte appetitlichere Flüssigkeiten vom Rasenmäher seines Vaters tropfen und den Garagenboden verfärben sehen.

»Möchtest du noch etwas?« fragte Flora freundlich, als sie seine leere Schale sah. »Ich habe für alle noch eine zweite Schale gemacht.«

»Nein, danke«, sagte Ally mit aschfahlem Gesicht, so gelassen er konnte. »Große Klasse, aber nein.«

»Zier dich nicht«, beharrte Flora. »Es ist noch eine Menge da.« Sie hielt den Topf schräg, um es ihm zu demonstrieren. Er spürte einen winzigen kraftvollen Krampf durch seinen zurückschrekkenden Magen zucken.

»Nein, Flora. Nein. Nichts mehr, danke«, sagte Ally.

»Dränge ihn nicht, Flora, meine Gurkenscheibe«, mischte Riley sich jetzt ein, mit mildem Gesicht und völlig unschuldigen Augen. »Er ist so blaß wie eine Made. Er hat schon auf dem Weg hierher gesagt, daß ihm etwas übel sei. Er wollte eigentlich gar nicht zum Lunch bleiben. Er sagte, er sei nicht hungrig.«

»Ja, wirklich, Flora. Ich könnte mich ebensogut übergeben wie noch mehr essen«, sagte Ally.

»Kann ich dann seinen Nachschlag haben?« fragte Riley und blähte sich prahlerisch auf. »Ich esse diese Suppe *zu gern*.«

Allys weit geöffnete Augen glänzten vor Erstaunen. Dieser Mann war edel, verwirrend, ehrfurchtgebietend: ein Gott unter den Menschen. Er war ihm inbrünstig dankbar – seinen Nachschlag zu nehmen! Freiwillig! Ungefragt! –, fühlte sich ihm zutiefst verpflichtet.

Er sah zu, scheu und ehrerbietig, wie Flora den Topf zur Seite kippte und Rileys rote Schale bis zum Rand mit Allys Anteil füllte.

Es gab nicht viel, was man tun konnte, um Riley angemessen zu entschädigen für eine solche

Selbstaufopferung und aufmerksame Großzügigkeit. Endlich kam ihm eine Idee.

»Sieh nur, Flora! Sieh nur!« rief er. »Oben auf der Eiche hinter dir! Eine *Elster*, Flora!«

Flora drehte sich um. Tante Chloes Hand mit dem Löffel erstarrte, und auch sie wandte das Gesicht nach oben. Aber Ally hatte keine Zeit, überrascht zu sein, daß Tante Chloe ihm zuhörte.

Schnell, beschwor sein blasses, angstvolles Gesicht Riley. *Schnell.* Kipp sie jetzt aus, dort ins Gras hinter dir, während sie nicht *guckt*.

Aber Riley saß ganz ruhig da, lächelte gelassen, wiegte seine Schale hin und her und gab vor, den Sinn von Allys Gesten und hektischem Nicken nicht zu verstehen. Und als Flora sich wieder umdrehte, die Stirn ein wenig runzelnd vor Enttäuschung, daß die Elster fortgeflogen sein mußte, ohne daß sie sie gesehen hatte, munterte er sie sofort auf, indem er die rote Blechschale an die Lippen hob, auf den verbogenen alten Löffel ganz verzichtete und alles auf einmal trank und dabei noch zufriedene und anerkennende Geräusche von sich gab.

Er hielt seine Schale, leer bis auf einige blaßgrüne Flecken am Rand, hoch, damit alle sie sehen konnten.

»Ich esse diese Suppe wirklich *zu gern*«, prahlte

er wieder ganz abscheulich vor Ally, weil ihm nicht verborgen geblieben war, daß er, was Flora betraf, einen subtilen Sieg errungen hatte. »Die Petersilie fügt das kleine *je ne sais quoi* hinzu, das noch fehlte. Aber laßt mich nicht alles nehmen. Wieder nein, Ally? Was ist mit Tantchen Chloe?«

»Noch etwas?« bot Flora ihr an und kratzte mit ihrer riesigen Holzkelle im Topf herum.

»Ja, bitte«, sagte Tantchen Chloe und hielt ihre Schale hin. »Ja bitte, Flora.«

Ally schaute seine Tante etwas verwirrt an. Dies war, dachte er, das dritte Mal hintereinander, daß sie beim ersten Mal gehört hatte, was jemand sagte, und ohne daß jemand nachhalf. Und bei ihrer Reaktion auf Floras Angebot, noch Suppe zu nehmen, hatte ihre Stimme geradezu eifrig geklungen.

Er beobachtete Tante Chloe verblüfft und entsetzt, wie sie rasch aus ihrer Schale löffelte und den Nachschlag vertilgte. Sie schluckte das widerliche, ekelerregende Zeug mit Genuß, sogar die kleinen schwarzen Dinger, die auf dem Boden lauerten.

Nicht nur das, dachte er, zweifach überrascht jetzt, da es ihm einfiel. Sie hat nicht *ein einziges Mal* ihre komische Zwinkermasche gebracht, seit wir hier sind.

6

Ally wanderte den ganzen Nachmittag in der Steinmenagerie umher und bewunderte Floras Erfindungsreichtum fast ebensosehr wie Rileys Seelenstärke.

Im Tigerkäfig hatte Flora eine große, quadratische Holzplattform gebaut, die während des Tages an die hintere Wand geklappt werden konnte, aus dem Weg, und spät am Abend wieder runtergelassen wurde. Dann breitete sie das zusammengerollte, fadenscheinige Bettzeug dort aus, das sie jeden Morgen in die Futterkrippe stopfte, damit es trocken und gelüftet blieb. Auf diese Weise mußten sie nicht auf dem kalten Steinboden schlafen.

»Das ist eine gute Idee«, sagte Ally zu Flora. Er legte sich auf die dünne Lage Bettzeug, das sie ihm heruntergeworfen hatte, um ihm zu demonstrieren, wie das Ganze funktionierte. Er spürte auf den Brettern alle Knochen. »Außerdem ist es sehr hart.«

Der Löwenkäfig beeindruckte Ally besonders. Flora hatte ihn zur Küche gemacht, weil er nach

Süden lag und am besten vor Wind geschützt war. Sie hatte sich ein geniales System von kleinen Backsteinöfen um ein offenes Feuer herum ausgedacht. Oben drauf bildeten ein paar dünne Stangen, die aus dem unterirdischen Eingang des Schildkrötenkäfigs stammten, einen quadratischen Grill, auf dem ihre Töpfe unsicher wackelten. Der Futtertrog aus einem weiteren Käfig stand in der Nähe, mit abgestandenem Wasser gefüllt, das zum Löschen bei unvorhergesehenen Bränden gedacht war.

Einige Kisten auf dem Boden in einer trokkenen Ecke enthielten die mageren Vorräte der beiden.

»Was habt ihr in denen?« fragte Ally.

»Braunes Mehl«, sagte Riley düster. »Weizenkeime, Bierhefe. Knuspriges Granola. Acht Sorten Kleie. Broschüren. Du weißt schon...« Er schaute hinunter auf seine Füße. »Und natürlich ungeladene Gäste.«

Ally schaute auch nach unten. Ein ununterbrochener Zug von großen, wohlgenährten Ameisen führte von außerhalb des Käfigs über den Boden in die Pappkartons, und auf den glatten, ausgetretenen Steinplatten unter seinen Füßen sah Ally die eingetrockneten glitzernden Spuren längst vergessener Schnecken.

»Flora verjagt Schnecken, nicht wahr, mein Chutney-Brötchen?« sagte Riley, umfaßte Floras umfangreiche Taille und versuchte, ohne rechten Erfolg, sie näher an sich zu ziehen.

»Ich *muß* es. Sonst *lauert* Riley ihnen auf«, erklärte Flora. »Er brät sie. In *Scheiben*.«

»Köstlich, mit viel Salz«, sagte Riley und leckte sich die Lippen. »Lecker. Jam-jam. Jam-jam.«

Im Leopardenkäfig standen Koffer und zwei große mitgenommene Kisten. An einer Wand waren Schachteln mit der Aufschrift

Nahrung zum Nachdenken –
Vegetarisches Restaurant
Gibbet Field
Buckingham

zu schiefen Pyramiden aufgestapelt.

»Unser ganzes Gerät ist da verpackt«, sagte Riley düster. »Hoffentlich verrostet es nicht.«

»Mach dir nicht immer *Sorgen*«, ermahnte Flora ihn und ging rasch weiter zu einem anderen Käfig.

Dieser Käfig sah so gemütlich und bewohnt aus, daß Ally erstaunt war. An den Wänden hingen viereckige, mit leuchtenden Farben bedruckte Tücher, und die Gitter waren von innen mit einer einzigen großen Patchworkwand aus vielen einzelnen, zusammengeknoteten und -gesteckten Decken in fröhlichen Mustern verhängt, damit Wind und Wetter nicht eindrangen. Der Boden war dicht bedeckt mit weiteren Decken; auf ihnen standen geflochtene Körbe, bis oben gefüllt mit Früchten, Broschüren und Bündeln getrockneter Kräuter.

»Das hat Flora alles gemacht«, sagte Riley und zeigte wahllos auf Teppiche, Tücher und Körbe. »Drei ihrer vielen Überlebensfähigkeiten aus den frühen friedlichen Tagen, als dieses ganze hirnrissige Unternehmen nicht mehr war als eine lustige Idee.«

»Es ist alles sehr gemütlich«, sagte Ally. Er war fast neidisch. Er hätte nichts dagegen, hier mit Flora zu leben.

»Nur ein Grund, uns hier noch länger verrotten zu lassen«, erwiderte Riley säuerlich.

»Wer ist denn das?«

In einem flachen Korb vor seinen Füßen lag eine erschöpfte Mutterkatze. Ihr Schwanz hing nachlässig über den Rand des Korbes, und wenn er sich bewegte, schlugen und sprangen drei junge gelbbraune Kätzchen danach in plötzlichem aufgeregtem Gedränge.

»Das ist Nyx«, sagte Flora mit einem weichen,

liebevollen Lächeln. »Wir sind schon seit Jahren zusammen. Sie ist eine so freundliche Katze.«

»Ich mag Nyx auch gern«, stimmte Riley überraschend zu und verdarb dann alles wieder. »Manchmal hilft sie mir nachts auf meinen Jagdausflügen. Letzte Woche haben wir uns eine köstliche Maus in Rahmsoße geteilt, nicht wahr, Nyx?«

Flora blickte kühl zu ihm hinunter.

»Was ist mit diesen?« fragte Ally und beugte sich nach unten, um die aneinandergedrängten Flaumbälle neben dem Korb ihrer Mutter zu piksen. »Wie heißen sie?«

»Thanatos, Hypnos, Morpheus«, Flora nannte stolz die Namen und zeigte auf die Kätzchen. »Ich werde sie zu Vegetariern erziehen.»

»Da wird's einen kalten Tag in der Hölle geben, bevor du das schaffst. Morpheus hat letzte Nacht meine sautierte Fledermaus probiert und sich noch Stunden danach die Lippen geleckt. Ich habe ihm für irgendwann eine *Ratatouille* versprochen.«

Flora, die genug hatte, fegte hinaus und streifte dabei Allys Schulter. Ihre dunklen Augen funkelten vor Zorn.

Ally schaute ihr traurig nach. Hätte der eine Löffel ihrer Suppe vom Mittagessen ihm nicht noch immer wie ein Klümpchen Unbehagen im Magen gelegen, so hätte er vielleicht an Ort und Stelle seinen Entschluß, sie aufzugeben, rückgängig gemacht – sie sah so wunderschön aus.

»Was ist das für ein tolles Zeug, was sie sich um die Augen schmiert?« fragte er Riley.

»Kohl«, sagte Riley.

»Kohl?« Ally schaute noch einmal prüfend hin, bestürzt und verwirrt. »Kohl?«

»Ja, Kohl«, sagte Riley gereizt. »Kohl. Wie sich's schon die alten Ägypter um die Augen schmierten. Hast du noch nie von Kohl gehört?«

»Natürlich habe ich schon von Kohl gehört«, fauchte Ally zurück. »Das kennt doch *jeder*.«

Sie drängten einander knurrend aus dem Käfig.

Flora und Chloe saßen bei dem Kräutergarten, der mitten auf der Lichtung lag und unter dem Geflecht von Blättern soviel Licht wie möglich einfing. Ally schlängelte sich etwas näher heran; er hätte sich gern zu ihnen gesetzt. Riley blieb verstimmt und unerwünscht hinter ihm stehen.

Flora zog ihren Rock dichter an sich, damit Ally sich setzen konnte.

»Der Kräutergarten ist nicht mehr annähernd das, was er einmal war«, erklärte sie Tante Chloe gerade. »Riley hat einiges umgegraben.«

»*Um*gegraben?« Ally war schockiert.

»Ja, umgegraben«, sagte Flora.

»Warum?«

»Ich weiß nicht«, erwiderte Flora, ganz plötzlich nervös und ausweichend. »Eigentlich ohne jeden Grund«, sagte sie unbestimmt und schaute sich um. »Ich glaube, er sagte etwas von ungesund für das Baby. Sieh nur, Ally«, lenkte sie ihn ab. »Sieh dir den Schmetterling an.«

Ally durchschaute diesen Trick sofort – eine einfache Variation seines Elster-Themas – und ging nicht darauf ein. Aber seine Tante Chloe stand auf und wanderte davon, erst auf der Suche nach dem Schmetterling, dann in eine andere Richtung.

»Was hast du dort angebaut?« fragte Ally neugierig weiter.

»Wo?«

»In deinem Kräutergarten.«

»Nichts«, beteuerte Flora.

»Nichts?«

»Nichts Erwähnenswertes.« Sie sah ihn an und fuhr etwas befangen fort: »War wirklich nicht der Rede wert. Ein kleines Beet Gras, das war eigentlich alles. Ein oder zwei Mohnblumen ... hier und da einen Pilz. Nichts, sich derartig Sorgen zu machen wie Riley.«

»Unsinn!« bellte Riley ihr ins Ohr. Er hatte sich von hinten angeschlichen. »In deinem Zustand, Flora, hättest du ebensogut Röteln anpflanzen können, mein kleiner Schierlingzweig, meine süße Senneshülse.«

»Unsinn!« sagte sie kurz. »Aufrührerisches dummes Zeug ist das, Riley. Reine Sensationsmache!« Sie wandte sich zu Ally und sagte heftig: »All das Zeug, das ich angebaut habe, war *nichts* im Vergleich zu dem, was andere nehmen. Alkohol, Zigaretten, Schlaftabletten. Sieh dir deine Tante Chloe an, dort drüben. Sie hat keine *Ahnung*, was in den Tabletten ist, die sie ihr geben. Ich bau wenigstens mein *eigenes* Zeug an.«

»Es sind Ergebnisse, was sie oben auf dem Berg sehen wollen«, erinnerte Riley sie, »nicht gesunde Bestandteile.«

»Na ja, sieh sie dir an«, sagte Flora, senkte taktvoll die Stimme und flüsterte: »Ist *das* ein gutes Ergebnis?«

Sie verstummten alle drei und schauten auf Allys Tante. Sie stand neben einem Busch, summte ganz leise vor sich hin und streichelte seine Blätter.

»Das ist als Ergebnis gar nicht so schlecht«, sagte Riley. »Ich hab *dich* schon oft so gesehen, Flora.«

»Es geht ihr besser jetzt«, mischte Ally sich

verteidigend ein. Floras Einstellung hatte ihm nicht gefallen. »Einmal mußten sie sie sechs Wochen lang einsperren. Sie hat immer wieder versucht, sich die Pulsadern aufzuschneiden. Sie sagten, sie hätte sterben können.«

»Vielleicht wäre das besser für sie«, sagte Flora. »Sie ist kaum mehr als ein Zombie. Das ist nicht sie *selbst*, Ally. Das ist nur das Selbst, das sie ihr geben, dreimal täglich, zwischen den Mahlzeiten.«

»Und wer betreibt jetzt Sensationsmache?« fragte Riley triumphierend.

Aber Ally, der es nie so betrachtet hatte, saß stumm da, sehr durcheinander, und beobachtete seine Tante.

»Oh, ich weiß nicht«, sagte er schließlich. »Es gibt vieles, was sie sehr gern mag, und das können die Pillen nicht schaffen. Ich glaube, es gefällt ihr hier unten. Es ist das erste Mal, daß ich sie summen höre. Sie mochte deine Suppe gern, Flora. Sie wollte sogar noch mehr, weil sie sie so gern mochte.«

Ally erwähnte nicht, daß nach seiner Überzeugung keine Pille auf der Welt jemanden dazu veranlassen könnte, ihre Suppe zu mögen.

»Und Musik mag sie auch. Das hat sie schon immer getan; es können also auch nicht die Pillen sein. Früher hat sie Flöte gespielt. Jetzt habe ich die Flöte.« Sein Gesicht verfinsterte sich. »Sie lassen mir jetzt Unterricht geben, da sie nicht mehr spielt, nur damit die Flöte nicht umsonst gekauft wurde«, fügte er bitter hinzu.

»Das ist *schrecklich*«, sagte Flora. »ich habe nicht geglaubt, daß es heute noch Leute gibt, die so etwas *tun*.«

Das Mitgefühl war echt, die schwarz umrandeten Augen strahlten, und Ally verliebte sich von neuem.

»Es ist eigentlich nicht so wichtig«, sagte er tapfer. »Es wird nicht mehr lange dauern. Dr. Barney hat versprochen, sie würde dort oben ein Orchester aufziehen, sobald sie die Zeit finde, es in Gang zu bringen.« Er schaute über die Lichtung zu Tante Chloe. »Und dann will sie die Flöte vielleicht zurückhaben, und ich kann aufhören.«

»Echt?« sagte Flora. »Oben auf dem Berg? Ein *Orchester*?«

»Es sind eine Menge Leute da oben«, sagte Ally. »Ihr würdet euch wundern. Eigentlich sollten es noch mehr sein. Sie haben so wenig Personal, hier draußen in der Einöde, daß sie nicht so viele Patienten aufnehmen können, wie sie sollten. Aber auch so haben sie genug Leute für ein

Orchester. Und das sind nur Leute, die schon ein Instrument spielen. Es gibt noch mehr, die es lernen möchten. Mr. Hackett spart seit Monaten all sein Krankengeld, um sich eine Harfe zu kaufen.«

»Du lieber Himmel«, sagte Riley ehrfurchtsvoll.

»Ich wollte, sie würden endlich anfangen«, sagte Ally sehnsüchtig. »Dr. Barney hat es schon seit Monaten vor. Sie kommt nur nicht weiter, weil das ganze Personal so beschäftigt ist.« Er kickte einen Erdklumpen von einem Fuß zum anderen. »Ich würde ihnen helfen, wenn sie mich ließen. Wirklich.«

»Davon bin ich überzeugt«, sagte Riley.

»Was sie da oben brauchen«, sagte Flora nachdenklich, »ist ein guter Manager.«

Ein seltsames Glitzern schimmerte in ihren Augen.

»Flora ist eine Managerin«, erklärte Riley. »Sie hat *mich* gemanagt, nicht wahr, Flora, mein Führer, mein Kommandant? Sie hat schon eine Menge gemanagt. Eine Wohngemeinschaft, dann einen Webladen mit einem Korbflechtladen im Nebengebäude und danach ein vegetarisches Restaurant, das ›*Nahrung zum Nachdenken*‹ hieß. Dort haben wir uns kennengelernt. Sie managte mich in einen

Job hinein, und dann, nach einem kurzen heftigen Streit über Speckstückchen, managte sie mich wieder raus.«

»Was für ein Job?« fragte Ally mißtrauisch. Es fiel ihm schwer, sich vorzustellen, daß Riley mit Flora zusammenarbeitete, sie nicht nur behinderte.

»Ich bin Koch«, erklärte Riley mit einigem Stolz. »Ein sehr guter Koch mit einem gewissen Ruf unter allen Gourmands von Gibbet Field, Buckingham.«

»Ja«, sagte Flora trocken. »Dem Ruf, Speckstückchen in vegetarische Suppen zu tun.«

Besser als Mäusekötel, dachte Ally im stillen.

»Wenn du Koch bist«, sagte er zu Riley, immer noch sehr mißtrauisch, »warum hast du das Mittagessen nicht gekocht?«

Rileys Blicke wanderten über die Lichtung und blieben an Floras Behelfsherd hängen.

»Ich sagte, daß ich Koch bin«, erklärte er Ally frostig. »Ich sagte nicht, daß ich eine *Hexe* sei.«

Ally senkte den Kopf, um sein Grinsen zu verbergen. Er wollte Floras Gefühle auf keinen Fall verletzen, aber es war trotzdem sehr komisch.

Flora schien das auch zu finden. Sie gab ein leises würgendes Geräusch von sich, das für Ally wie Lachen klang.

»O lieber Gott!« sagte Riley und streckte die Arme nach ihr aus. »Oh, nein. Bitte noch nicht, Flora, meine Liebste!«

7

Ally erhob sich aufgeregt.

Tante Chloe kam über die Lichtung zurückgewandert und blieb neben ihm stehen. Auch sie schaute auf Flora, den Kopf zur Seite geneigt.

»Ist ja gut«, murmelte sie besänftigend und streckte ihre weiche Hand aus, um sie sanft auf den bunten gewölbten Rock zu legen. »Ist ja gut, Flora.«

Tante Chloe sah ganz verändert aus, dachte Ally. Sie lächelte. Ihr besorgtes, spitzes Gesicht war weicher geworden und ließ sie wesentlich jünger erscheinen, viel jünger als sie war. Vielleicht hatte Floras Suppe ihr gutgetan: ihre Haut sah frischer aus, rosa angehaucht. Ihre hellen Augen leuchteten.

Flora holte tief Luft, als die Wehe nachließ.

Tante Chloes Lächeln vertiefte sich. Sie strahlte geradezu. »Ist ja gut«, sagte sie wieder und tätschelte sie beruhigend weiter. »Ist ja gut, Flora.«

»Ich hole Hilfe«, sagte Ally und raffte sich hastig auf. »Ich hole einen Arzt.«

»Nein«, keuchte Flora und schüttelte den Kopf, immer noch etwas atemlos. »Das sollst du nicht, Ally. Mir fehlt nichts. Ich will keine alberne Einmischung. Ich bin bisher wunderbar zurechtgekommen. Ich komme auch jetzt zurecht. Nun geratet bitte nicht alle in Panik. Ich habe alles unter Kontrolle.«

»Flora ...«

»Nein!« beharrte sie, so kurz, wie sie noch nie zuvor mit ihm gesprochen hatte. »Ich komm *zurecht*, Ally. Ich will nicht herumkommandiert, gepikst und gestochen werden und mir sagen lassen, was ich zu tun habe, und mir alles verderben lassen. Ich will in Ruhe hier bleiben. Ich komme *zurecht*.«

»Dies ist ein *Baby*, kein *Restaurant*«, drängte Riley. »Du solltest in einem Krankenhaus sein. Irgend etwas könnte ganz *falsch* laufen.«

»Hör auf, dir *Sorgen* zu machen, Riley!« schrie Flora ihn an.

Er wandte sich ab, biß sich auf die Lippe und drehte sich sofort wieder um und schloß sie fester in die Arme.

»Hör mal«, schlug Ally eifrig vor. »Ich frage Dr. Barney nur. Ich sage ihr nicht, daß du hier bist oder sonst was. Ich frage sie nur um Rat.«

»Nein!« brüllte Flora.

»Bitte«, bettelte Riley. »Bitte, Flora. Laß ihn gehen. Nur für den *Fall.*«

»Da kommst du schon wieder mit deinen *Sorgen*«, schleuderte sie ihm entgegen. »Laß mich *allein.* Es passiert nichts, womit ich nicht zurechtkomme. Wenn man Dr. Barney nur die kleinste Kleinigkeit erzählt, wird sie alles andere aus Ally herauslocken, das weißt du, und sofort jemanden schicken und mich holen lassen. Ich *will* es nicht, Riley!«

Dann wandte sie sich an Ally. Ihre riesigen Augen funkelten. Ihr zerzaustes Haar hing um ihr blasses, angespanntes Gesicht. Sie krümmte sich vor, als wieder eine Wehe kam, und drohte ihm mit den Fingern wie eine leibhaftige Hexe.

»Du hast mir versprochen, daß du uns nie, *nie* verraten würdest. Das hast du versprochen. Ich nehme dich beim Wort, Alasdair Seton. Wenn du dein Wort brichst und *irgendwem* erzählst, daß Riley und ich hier unten sind, werde ich nie, *nie* wieder mit dir sprechen!«

Diesmal hörte es sich wirklich wie eine Verwünschung an. Und sie drehte sich um und fügte hinzu:

»Das gilt auch für dich, Riley!«

Riley wurde blaß.

»Sie meint es nicht so«, sagte Ally und zog Riley

am Ärmel. »Und selbst wenn sie es so meint, du darfst es nicht zulassen. Wir müssen Hilfe holen.«

»Ich habe euch gewarnt, alle beide«, wiederholte Flora, krümmte sich wieder und klammerte sich an ihren Rock.

»Sie meint es so«, sagte Riley verzweifelt. »Sie meint immer, was sie sagt. Sie hat gesagt, sie würde mich wegen dieser Speckstückchen rausschmeißen, auch ohne einen anderen Koch als Ersatz für mich und selbst wenn es bedeutete, daß sie das Restaurant schließen müßte, für dessen Eröffnung sie so schwer gearbeitet hat. Und ob du's glaubst oder nicht, sie hat's getan.«

»Das war eine alberne Geschichte«, schrie Ally ihn an, völlig außer sich. »*Speck*stückchen! Wirklich, Riley! Dies ist *wichtig*!«

»Und das waren die Speckstückchen für *mich*, Ally«, platzte Flora aufsässig heraus, obwohl es sie, wie Ally sah, eine beträchtliche Anstrengung kostete.

»Riley!« wimmerte Ally. »Hör mit diesem *Gezaudere* auf! Du mußt dich auf den Weg machen und *Hilfe* für Flora holen!«

Aber Riley wich seinen Blicken aus. Er sackte in sich zusammen, als sei aus ihm die Füllung rausgegangen. In seinen Augen glitzerten Tränen.

»Ich kann es nicht«, sagte er. Seine Stimme war heiser. »Ich kann es nicht. Falls sie es ernst meint.«

Tante Chloe streckte plötzlich die andere Hand aus und klopfte Riley sanft auf den Arm.

»Ist ja gut, Riley«, beruhigte sie auch ihn. »Ist ja gut, Riley.«

Ally sah sie alle nacheinander an, und ihm wurde klar, daß es von ihm abhing. Sie waren alle unverbesserlich. »Oh, *komm* jetzt, Tante Chloe«, sagte er ungeduldig. »Schnell. *Komm* jetzt.«

Er riß ihre Hand von Rileys Arm und zerrte sie, sehr gegen ihren Willen, zum schmiedeeisernen Tor.

Als er sie gerade hindurchziehen wollte, entriß sie ihm ihre Hand und entfernte sich von ihm, wie sie es vorher auf der alten Brücke getan hatte. Sie begann, zu Flora und Riley zurückzuhasten.

»Komm *her*!« schrie er sie an, zornig und in Panik. »Komm *hierher* zurück, Tante Chloe.«

Sie blieb stehen und drehte sich um. Ihr Gesicht zeigte den gleichen störrischen Ausdruck, den er an dem Tag gesehen hatte, als sie sich von der jungen Schwester losriß und ihm durch die Teestube zuwinkte. Sie schüttelte den Kopf.

»Dann bleib doch da«, murmelte Ally wütend. »Du würdest mich sowieso nur aufhalten. Du bist nie zu etwas zu *gebrauchen*!«

Er glitt zwischen den schmalen, hohen, verzierten Torflügeln hindurch und lief den engen, gewundenen Pfad hinunter zurück zur Brücke.

Er durchsuchte die beiden Flügel des Krankenhauses, von allen, denen er begegnete, mit kalten oder mürrischen Blicken gemustert.

»Lauf nicht«, forderte ein Pfleger ihn auf. »Stör uns nicht«, sagten zwei Ärzte. »Belästige mich nicht«, beschwerte sich der Hausmeister. »Guck dir an, was du mit meinen Fußböden gemacht hast!«

Ally schaute nach unten. Seine patschnassen Schuhe hatten dicke Flecke auf den Fliesen hinterlassen, so daß man seinen Weg verfolgen konnte. Als er vor der Patientenbibliothek auf seine eigenen Spuren in doppelter Ausführung stieß, blieb er abrupt stehen und begann, sehr ernsthaft nachzudenken.

Entweder war Dr. Barney noch da, oder sie hatte das Krankenhaus verlassen. Sie kam mit dem Auto, einem leuchtend roten Mini, den er schon oft vom Fenster der Teestube aus gesehen hatte, wenn er die lange Auffahrt heraufkam. Er würde ihn sehen, wenn er dort stand. Er marschierte an der Glaswand des Büros vorbei nach draußen. Der Pförtner hob den Kopf, sah ihn mit einem scharfen und neugierigen Blick an, als sei er erstaunt, ihn zu sehen, und sagte durch sein kleines Fenster:

»Du bist also endlich wieder da!«

Aber Ally konnte seine Zeit nicht damit verschwenden, mit dem Pförtner zu schwatzen. Er tat so, als habe er nichts gehört, ging vorbei und schob sich durch die Tür, so schnell er konnte.

Er fand das Auto am äußersten Ende der reservierten Westseite. Hier befanden sich die breitesten Parkplätze auf dem ganzen Grundstück, aber selbst da, dachte er kritisch, steht sie auf einer weißen Linie.

Der Mini müßte mal gewaschen werden. Auf den Sitzen häuften sich Stapel von Notizbüchern, Ordnern und Papieren. Ein aufgeschlagenes Lehrbuch lag auf dem Fahrersitz. Entlang dem Armaturenbrett war unauffällig eine Auswahl von winzigen Metallstücken aneinandergereiht wie in einem Museum.

Ally vermutete, daß sie zu irgendwelchen Motoren gehörten und noch nicht wieder eingebaut worden waren. Er erkannte ein oder zwei davon und hoffte in Dr. Barneys Interesse, daß sie nicht alle ihr gehörten.

Er konnte nicht einfach neben ihrem Auto auf sie warten. Es könnte Stunden dauern, bis sie das Krankenhaus verließ. Vielleicht hatte sie Nachtdienst. Solange konnte sein Problem nicht warten. Wenn er Hilfe holen wollte, mußte er sie jetzt holen.

Er würde wieder ins Haus gehen und den Pförtner fragen müssen, das war ihm klar. Und doch wollte er das nicht, er wußte nicht genau, warum. Es würde ihn schließlich kein Blitzschlag treffen, nur weil er dem Pförtner erklärte, daß er Dr. Barney sprechen müsse. Aber dennoch zögerte er unsicher, überzeugt, daß der Pförtner ihn auf die eine oder andere Weise höflich abwimmeln würde. Und dann wäre er noch schlimmer dran als vorher, wenn er weiter darauf bestand, Dr. Barney zu suchen.

Vielleicht brauchte er sich gar nicht soviel Mühe zu machen. Vielleicht hatte Flora recht und würde wunderbar zurechtkommen, ohne Hilfe von irgendwem.

Vielleicht aber auch nicht.

Er wanderte besorgt im Uhrzeigersinn um das Auto und dachte über sein Problem nach. Wäre es möglich, Dr. Barney dorthin zu locken, ohne Flora zu erwähnen, und so zu vermeiden, daß die Verwünschung ihn traf?

Nein. Alberne Vorstellung. So konnte es unmöglich gehen. Sie war eine beschäftigte Ärztin. Sie würde nicht durch Unkraut, totes Wasser und eine Art Urwald kriechen, nur weil er sie darum bat und ihr versprach, daß es wirklich einen Grund gäbe, unten am anderen Ende, er ihn aber nicht nennen könne.

Und Flora würde sich danach trotzdem weigern, mit ihm zu sprechen. »Ich habe ihr nicht gesagt, daß du dort bist«, würde er zu seiner Verteidigung vorbringen, völlig verzweifelt. Und sie würde ihm über Riley ausrichten lassen: »So kannst du dich nicht rausmogeln. Du wußtest genau, was ich meinte. Die Verwünschung gilt.«

In dieser Richtung sah er keinen Ausweg.

Angenommen ... die Idee schlich sich wieder bei ihm ein, ganz uneingeladen. Angenommen, er sagte überhaupt nichts, zu niemandem, wie er es ihr versprochen hatte.

Aber das ging auch nicht. Selbst wenn in der Steinmenagerie alles ohne Zwischenfall ablief und Dr. Barney überhaupt nicht gebraucht wurde, würde er sich in Floras Gesellschaft nie wieder unbefangen fühlen, weil er nie vergessen würde, welches Risiko er eingegangen war, nur um sich ihre Freundschaft zu erhalten.

Wenn er es sich recht überlegte, wunderte er sich, daß Riley so auf das Glück vertraute. Aber vielleicht war das gar nicht verwunderlich. Riley und sie waren einander jetzt so nah, Riley hatte viel mehr zu verlieren, wenn Flora Wort hielt und nie wieder mit ihm sprach. Man brauchte ja nur daran zu denken, wie die Füllung aus ihm rausgegangen war, als sie nur damit drohte. Und außerdem glaubte er ihr wahrscheinlich, wenn sie ihm schwor, daß sie zurechtkäme. Sie war eine Managerin. Sie hatte schließlich immer alles gemanagt, oder nicht?

Aber diesmal schaffte sie es vielleicht nicht.

Er stand wieder ganz am Anfang. Er biß sich auf die Lippe, wie Riley.

Er hatte keine echte Wahl. Er mußte Dr. Barney alles erzählen und sie bitten, sofort mit ihm zu kommen, hinunter zur Steinmenagerie jenseits des Sees. Ally selbst würde an der Pforte warten, während sie hineinging und sich Flora vornahm – sie pikste, stach und herumkommandierte, wie Flora es bitter nannte.

Und danach, wenn alles vorüber war, würde Flora es sich vielleicht anders überlegen mit der Verwünschung, ihn in ihren Käfig einladen, um ihm das Baby zu zeigen, und ihm dankbar alles verzeihen. Obwohl Riley mit seinen Speckstückchen ihm da nicht allzuviel Hoffnung gemacht hatte.

Und wenn sie ihm nicht verzieh?

Na ja, er würde wieder einsam sein. Er würde

eine Freundin verlieren. Zwei Freunde, wenn man Riley mitrechnete. Zumindest würde er wissen, daß er getan hatte, was er konnte. Verantwortungsbewußt gehandelt haben, wie man so sagt. Und das zu wissen mochte ein gewisser Trost sein bei all den Streitereien, die kommen mußten wegen Besuchen im Zoo und im Zirkus und wenn er Nieren auf Toast nicht essen wollte. Er würde sich besser gewappnet fühlen, wie nach einer Aufnahme in einen Geheimbund. Trauriger und stärker, wie Ritter Lancelot.

Aufgemuntert durch dieses angenehme Bild, machte er auf der Stelle kehrt und schritt in die entgegengesetzte Richtung um das Auto, sein nächstes großes Problem vor Augen. Wie sollte er Dr. Barney finden?

Er wußte nicht, wo er hier ansetzen sollte. Er fuhr mit dem Finger rundherum über den schmutzigen Lack ihres Autos, während er es umkreiste, als könnte er ihr irgendwie näher kommen, wenn er etwas berührte, was ihr gehörte.

Seine Fingerspitze wurde schwarz. Er rieb den Schmutz am Ärmel seiner Jacke ab und streckte den Finger wieder aus, nur um in einem kleinen Spalt am nachlässig geschlossenen Heckfenster schmerzhaft hängenzubleiben.

Das ist leichtsinnig von ihr, dachte Ally und

lutschte an seinem brennenden Finger. Es könnte jemand ihr Auto stehlen. Ihre ganzen Ordner lesen. An die Geheimnisse anderer Leute geraten. Sie erbarmungslos erpressen, wenn es ihnen gerade besser ging und sie wieder ihre Arbeit aufgenommen hatten, sie zurück in den Wahnsinn treiben ...

Die Idee bahnte sich einen Weg durch seine morbiden Gedanken. Seine Augen weiteten sich. Ohne lange nachzudenken – ein kurzes Nachdenken, und Ally hätte gezögert und nie gewagt, es zu tun – preßte er seine Faust mit aller Kraft gegen das schmale Dreieck aus Glas und drückte, so fest er konnte.

Das kleine Fenster gab nach und öffnete sich weit nach innen. Er streckte den rechten Arm hinein, schnappte sich die dünnste Mappe, die er erreichen konnte, rollte sie mit der einen Hand ungeschickt zusammen und zog sie heraus. Er stopfte sie vorne in seine Jacke, außer Sicht der drei Reihen leerer Fenster, die alle mißtrauisch und mißbilligend auf ihn herunterschauten.

Er wagte nicht, die Mappe hervorzuholen, bis er das Büro erreicht hatte. Der Pförtner sah ihn wieder scharf an und schien etwas sagen zu wollen, aber Ally kam ihm zuvor.

»Ich glaube, ich habe mich verlaufen.« Er versuchte, viel jünger zu klingen, als er war, und viel unschuldiger. »Schwester Beddowes hat gesagt, ich solle diese Mappe direkt zurück zu Dr. Barney bringen. Aber ich komme die ganze Zeit mit den Türen durcheinander. Wohin muß ich von hier aus gehen?«

Der Pförtner fiel drauf rein und hielt ihm eine kleine Strafpredigt.

»Du hättest ganz außen rumgehen müssen«, erklärte er Ally streng. »Aber das hast du wohl versucht, nicht? Die Seitentür kann man leicht übersehen. Du solltest nicht durch eine der Stationen gehen, aber wenn Dr. Barney es eilig hat – nur dies eine Mal: schlüpf durch die blaue Tür da drüben, vorbei an der Station für akute Fälle und wieder raus, auf den Flur fürs Personal. Die dritte Tür links, dort wird sie sein. Ihr Name steht an der Tür.«

»Danke«, sagte Ally und wich zurück. »Vielen Dank.«

»Denk dran, zurück gehst du außen rum!« rief der Pförtner hinter ihm her. »Die Schwestern wollen niemand dort rumhängen haben, der ihnen im Weg steht. Da drinnen ist Abendessenszeit.«

»In Ordnung«, sagte Ally. »In Ordnung.«

Er traf niemanden auf seinem Weg. Er preßte die Mappe wichtigtuerisch an sich, als Ausrede, für alle Fälle, aber keiner fragte ihn, warum er so spät noch immer da war, und auf einer Station, wo er niemanden kannte. Nachdem die Besucher gegangen waren, war dies eine geschäftige Zeit für das ganze Personal.

Akute Fälle war ein langgestreckter blauer Raum, der durch schulterhohe Trennwände in zwei Räume unterteilt war. Alle Schwestern waren glücklicherweise auf der anderen Seite, wo sie dem Küchenpersonal halfen, den Tee auszugeben und den Patienten, es sich nach dem Abendessen wieder bequem zu machen.

Ally schlängelte sich an den Wänden entlang und hoffte, unbemerkt zu bleiben. Keiner von den Patienten zeigte das geringste Interesse. Sie saßen in großen Armsesseln und sahen sich die Nachrichten auf einem riesigen Fernsehbildschirm in der am weitesten entfernten Ecke an. Sie hielten ihre Teetassen fest im Schoß, als wollten sie ein Vergießen vermeiden. Zwei Schwestern schlängelten sich zwischen den Sesseln hindurch; sie trugen Tabletts mit kleinen weißen Papierbechern, in denen Tabletten waren.

Nur zwei Patienten saßen noch am Tisch, beschäftigt mit ihren Kartoffeln, Koteletts und Erbsen. Sie schauten beide sehr konzentriert auf das, was auf ihren Tellern lag. Keiner von ihnen blickte auf. Die Dame, gepflegt, hochgewachsen und mit zurückgestrichenem Haar, schien Schwierigkeiten mit dem Essen zu haben. Sie ging mit Messer und Gabel so ungeschickt um, als hätte sie beides noch nie benutzt. Noch während Ally sie beobachtete, gab sie es auf. Die Erbsen rollten von der zitternden Gabel auf ihre Rüschenbluse. Sie schaute verstohlen von links nach rechts, legte die Gabel ordentlich auf den Teller, las die Erbsen eine nach der anderen mit ihren langen Fingern wählerisch auf und ließ sie so unauffällig wie möglich in den Mund rollen.

Neben ihr saß ein kleiner gedrungener Mann in düsteren, grauen, formlosen Kleidern, die Ally sehr nach Ramschladen aussahen. Das Haar auf seinem kugelrunden Kopf war kurzgeschoren und pfeffer- und salzfarben, obwohl er nicht alt war. Er beugte sich so nahe über sein Essen, wie es möglich war, ohne ganz hineinzufallen, und er schaufelte stetig und entschlossen eine Gabel voll Erbsen nach der anderen in den Mund. Er machte zwischen zwei vollen Gabeln keine Pause, um zu kauen.

Ally hatte noch nie zuvor jemanden sein Essen so hinunterschlingen sehen. Er blieb stehen, um sich das anzuschauen. Die beiden sahen so komisch aus, wie sie da nebeneinander aßen. Wie die

Schöne und das Tier vor dem Happy-End, dachte er.

Er lief vorbei und in den Flur an der anderen Seite.

Er klopfte so schüchtern an Dr. Barneys Tür, daß sie es nicht hörte. Er klopfte noch einmal, nur wenig lauter; dann holte er tief Luft, um sich Mut zu machen, öffnete die Tür und trat auf Zehenspitzen ein.

Das Zimmer überraschte Ally. Er hatte angenommen, daß er in einen Praxisraum treten würde – eine flache weiße Liege, an den Wänden Plakate über Schlankheitskost und Bakterien, ein großer brauner Schreibtisch und Wandschränke mit glänzenden sterilen Instrumenten über einem sauberen weißen Waschbecken. Dies hatte er nicht erwartet.

Es war ein Wohnzimmer, ein ziemlich dunkles, schäbiges und muffiges Wohnzimmer, von der Sorte, wie sie von älteren Colonels bewohnt wurden in den Fernsehstücken, die seine Eltern sich nach den Nachrichten ansahen. Ein ausgeblichener Orientteppich bedeckte den Boden. Rundherum an den Kanten, wo er nicht bis zur Wand reichte, waren gebohnerte schwarze Dielen zu sehen. Die schweren dunkelroten Gardinen reichten von fast oben an der Decke bis eben über den

Boden, so dick und auch noch gefüttert, daß sie nicht weiter zurückgezogen werden konnten und noch einen Teil des durch das Fenster eindringenden Lichts aussperrten.

Es standen Armsessel herum, dicke Bücherregale und Tische, auf denen sich, wie auf dem Rücksitz ihres Autos, Ordner, farbige Broschüren und lose weiße Papierbögen stapelten, die im Durchzug raschelten, weil er die Tür hatte offenstehen lassen.

Ally trat leise vor und ließ die ausgeliehene Mappe auf einen schiefen Turm von tiefschwarzen Büchern auf einem schmalen hohen Bücherbord gleiten, wo sie sie, so hoffte Ally, finden würde, wenn sie später vorbeiging.

Sie saß an dem größten Tisch, den Ally je gesehen hatte, vor einem Kamin, der ebenfalls riesig war, mit Schnitzwerk rundherum. Zwei Sätze großer, unhandlicher, gußeiserner Geräte für das Bewegen von großen Holzstücken oder Riesenkohlebrocken standen an den Seiten, hinter dem langen Kamingitter aus Messing.

An den Wänden hingen Bilder und Drucke. Und genau über dem Kamin eine verblaßte Zeichnung in einem merkwürdigen Rahmen aus schlimm angelaufenem Metall, der zu Allys großer Überraschung in Filigranarbeit sich windende

Schlangen zeigte, gerade so wie das schmiedeeiserne Tor.

Genau dasselbe Schlangenmuster, davon war Ally überzeugt. Genau dasselbe.

Er wäre näher rangegangen, um genauer zu schauen, aber in diesem Augenblick bemerkte Dr. Barney den Durchzug, sah auf und entdeckte Ally.

»Oh, gut, daß du endlich zurückgekommen bist.« Sie sah erfreut und erleichtert aus. »Schwester Beddowes hat sich schon richtig Sorgen um euch beide gemacht, weil ihr so lange fort wart und das Mittagessen habt ausfallen lassen. Sie hat mehrmals im ganzen Krankenhaus herumtelefoniert und versucht, euch zu finden. Chloe ist natürlich nach oben gegangen, um Abendbrot zu essen?«

»Chloe?«

Er sah sie verständnislos an. Er war so davon in Anspruch genommen, an Flora unten in der Steinmenagerie zu denken und sich zu fragen, wie er es anfangen sollte, um Hilfe für sie zu bitten – er hatte Chloe vergessen.

Dr. Barney sah ihn über das Durcheinander auf dem Tisch hinweg mit gerunzelter Stirn ungeduldig an. Der Junge hatte sie an diesem Tag schon viel Zeit gekostet, auf die eine oder andere Weise, weil er keinem mitgeteilt hatte, wann er zurückkommen würde. Und jetzt stand er hier, von einem Bein aufs andere tretend wie ein Simpel und verschwendete wieder ihre Zeit.

»Sie *ist* doch nach oben gegangen, nicht wahr?« fragte sie scharf.

»Nein«, sagte Ally nach einer Pause.

»Sie ist doch mit dir zusammen zurückgekommen, oder?«

»Nein«, sagte Ally wieder. »Sie wollte nicht.«

Mehr sagte er nicht. Eine Idee, wie er sich bei Flora aus der Patsche ziehen und doch Hilfe für sie heranschaffen könnte, begann sehr langsam Gestalt anzunehmen.

Dr. Barney starrte ihn entsetzt an.

»Sie *wollte* nicht?«

»Nein.«

Ally wagte den Sprung. Es war, das erkannte er, eine ziemlich verzweifelte Maßnahme. Vielleicht funktionierte es nicht einmal. Aber egal, er würde es jedenfalls versuchen und bei der nächsten Gelegenheit noch mehr Verantwortungsbewußtsein zeigen, wenn etwas in Ordnung zu bringen war.

»Nein«, wiederholte er langsam und deutlich. »Sie wollte nicht hierher zurückkommen. Ich glaube, Sie sollten mit mir kommen und sie holen.

Sie benimmt sich heute sehr sonderbar, gar nicht wie sonst. Darum bin ich zurückgekommen, um es Ihnen zu sagen. Ich habe sie dort unten gelassen, allein. Unten am See.«

8

Du hast sie *wo* gelassen?«

Das nackte Entsetzen in ihrer Stimme machte ihn betroffen. Er hatte eine Reaktion gewollt, gewiß: wie sonst hätte er Dr. Barney dazu veranlassen können, sich umgehend auf die Suche nach Tante Chloe zu begeben, damit sie »ganz zufällig auf Flora stieß.« Aber mit so etwas hatte er überhaupt nicht gerechnet; sie hatte sich nämlich halb von ihrem Stuhl erhoben, packte die Tischkante, bis ihre Knöchel weiß wurden und fragte außer sich vor Zorn:

»Hast du sie dort gelassen? Ganz allein? Unten an diesem *See*? *Alasdair*!«

Und erst jetzt wurde Ally klar, warum sie so entsetzt war. Sie dachte natürlich an die Narben an Tante Chloes blassen, dünnen Handgelenken, und daß jemand wie Chloe nicht mutterseelenallein dort unten an einem schilfigen See zurückgelassen werden sollte. Sie wußte nicht, daß Tante Chloe richtig glücklich war, wenn sie im Wald dort unten herumwanderte, viel glücklicher als gewöhnlich, und daß sie die allerletzte war, um die sie sich heute Sorgen machen sollten.

»Nicht *am* See«, machte er hastig einen Rückzieher. »Jenseits davon. An der anderen Seite. Und sie ist dort sicher aufgehoben. Sie hat sich nicht verlaufen. Sie ist in der Steinmenagerie.«

»Menagerie?«

»So etwas wie ein kleiner Zoo«, erklärte Ally, der Dr. Barneys verwirrtes Aussehen falsch verstand. Er wunderte sich, daß jemand in ihrem Alter – fast so alt wie seine Mutter, vermutete er –, mit streng hochgebundenem Haar und einer Brille auf der Nase, nicht wußte, was das Wort bedeutete. »Menagerie. Sie ist sehr alt, und die Tiere sind alle tot. Es war mal eine Art Mode, wissen Sie. Wie Kastanienschleudern, nur vornehmer.«

Er runzelte die Stirn, jetzt selbst ein wenig verwirrt. Seine Worte hörten sich vertraut an, als ob er über das alles schon einmal vorher mit jemand anderem gesprochen habe.

Und Dr. Barney runzelte auch die Stirn. Sie musterte ihn, das sah er, äußerst mißtrauisch, als könnte auch er einen plötzlichen Anfall von Geistesstörung gehabt haben und beginnen, sich merkwürdig zu verhalten, wie seine Tante.

»Es ist sehr hübsch dort unten«, beeilte er sich fortzufahren. »Alles grün, zugewachsen und schattig wie auf dem Boden eines Goldfischglases, und Tante Chloe gefiel es. Sie wanderte umher, folgte Schmetterlingen und versuchte, Elstern zu entdecken« – bei der Erwähnung von Elstern wurde er ein wenig rot –, »und sie summte leise vor sich hin. Sie hat nicht ein einziges Mal gezwinkert, Dr. Barney. Ich glaube sogar, daß sie manchmal zuhörte, weil sie kicherte, als ich einen Witz erzählte. Sie hat auch ein- oder zweimal gesprochen.« Er verschlang die Finger ineinander und fügte nervös hinzu, weil es sich ziemlich unhöflich und undankbar anhörte: »Ich glaube, dort unten gefällt es ihr wirklich besser. Darum wollte sie nicht fortgehen und hierher zurückkommen.«

Er breitete die Hände aus und schaute um sich, um anzudeuten, daß er das Krankenhaus meinte, und dabei fiel sein Blick wieder auf den seltsamen, angelaufenen Rahmen, der ihn so an das Menagerietor erinnerte.

Erst jetzt wurde ihm klar, daß es nicht einfach irgendeine Zeichnung war, was er da betrachtete, sondern eine ungewöhnliche Landkarte. Eine seltsame Karte mit feingezeichneten Bildern, wie bei den Preisausschreiben auf den Cornflakes-Schachteln, an denen er so oft teilgenommen hatte und die eine verlassene Insel zeigten, palmenbewachsen, mit zwei verbogenen, rostigen, aneinandergelehnt im Sand steckenden Spaten, zwei kleinen, ordentlichen Haufen sonnengebleichter menschlicher Knochen, einer strapazierten, zerfetzten Piratenflagge und, weiter draußen, aufgelaufen auf die spitzigen, tückischen Felsen nahe der oberen linken Ecke, direkt neben der altmodischen Frischegarantie, das Wrack einer seepflanzenüberwachsenen Galeone. Alles in winzigen Bildern, sogar die Wellen, nicht wie die strengen symbolischen Zeichen auf den richtigen Landkarten, mit denen er sich im Erdkundeunterricht in der Schule beschäftigen mußte. ›Kreuze die Stelle an, wo nach deiner Meinung Kapitän Blutkehle und Obermaat Jake ihre Schatztruhe vergruben, bevor sie verdursteten. Für jede Einsendung bitte die Deckel von drei Familienpackungen einschicken.‹

Eine Karte dieser Art war es, doch viel feiner gezeichnet. Und es war eine Karte des alten Hauses und des Grundstücks, wie sie vor sehr langer Zeit ausgesehen hatten, bevor der siebente Earl kein Geld mehr hatte und den Familienbesitz verkaufen mußte.

»Sehen Sie«, sagte Ally. »Sehen Sie sich die Karte an.«

Er ging hinüber und und stellte sich vor die Zeichnung, innerhalb des Kamingitters, so groß war der Kamin. »Ich zeige Ihnen, wo es ist.«

Sie kam hinter dem Tisch hervor und stellte sich neben ihn, wieder mit gerunzelter Stirn, doch bestrebt, sich zeigen zu lassen, wo Chloe sich aufhielt.

Zuerst war es nicht einfach, sich auf der Karte zurechtzufinden. Im Lauf der Jahre war die Tinte zu einem blassen Braun verblichen, wie halbgare Pastete, und das Papier war dunkler geworden und hatte den gleichen Farbton. Oben in der linken Ecke, wo jetzt die Geräteschuppen und der neue Küchenflügel waren, befand sich ein großer grüner Fleck. Die Ränder der Zeichnung sahen klumpig aus, als ob sie Warzen bekommen hätte.

Das Krankenhaus selbst, gezeichnet als ein schönes altes Gebäude mit Wandpfeilern, Säulengängen und hohen, türgroßen Fenstern, stand breit und niedrig vor einem Gürtel grüner Bäume, die dort gewesen sein mußten, wo heute die neuen Parkplätze hinter dem Haus lagen. Die einen Bogen beschreibenden, großzügigen Auffahrten waren die gleichen geblieben, aber wo heute flacher Rasen war, sah Ally auf der Karte Rosenbeete, Lauben, von Spalieren umsäumte Wege, Gewächshäuser aus schwarzem Eisen mit spitzen Dächern, schmale Fliesenwege zwischen den einzelnen Häuschen, enge Ligusterpfade, zu deren Seiten wie Tiere geformte Büsche standen, und ein kleines Labyrinth am Ende eines dieser Pfade.

Den Patienten hätte das Labyrinth gefallen, dachte Ally. Und die Gewächshäuser und die Rosen. Und die Ligustertiere.

Eine winzige Kutsche, kaum zu erkennen auf dem knolligen Bildrand, wurde von zwei dickbäuchigen Pferden gezogen, zu der massiven, reich verzierten Eingangstür, die man inzwischen durch Pendeltüren aus Glas ersetzt hatte, neben dem neuen Büro am Eingang.

Er fuhr mit dem Finger über das Glas, so daß kleine wurstförmige Schatten auf die Karte fielen.

»Hier ist heute der Zaun«, sagte er.

Der Schatten seines Fingers fiel auf zwei winzige Streichholzmännchen mit Spazierstöcken, im Begriff, einen Graben zu überqueren, der die noch winzigeren Schafe vom Haus fernhielt.

»Aber man kommt durch. Ungefähr hier.«

Er zeigte auf die Karte und ließ den Finger weiter über die fleckige und pockennarbige Zeichnung laufen, um ihr zu zeigen, wo er mit Tante Chloe gewesen war.

Der See sah auf der Karte ganz anders aus. Er hatte eine rundere, ordentlichere Form, wie die riesigen, vollkommen geformten Nieren, die er nie mehr essen würde. Der geschickte und einfallsreiche Kartenzeichner hatte winzige Seerosen hineingemalt, kleiner als überhaupt vorstellbar, kleiner als Mohnsamen. Aber sie waren alle an einem Ende des Sees, beschränkt auf einen wohlgeformten Halbmondbogen. Sie haben sich immer weiter ausgedehnt, sagte Ally sich. Und jetzt ist der ganze See übersät mit ihnen, zugewachsen bis zur Mitte.

Die klare weite Wasserfläche war ein Vergnügungsort, gesprenkelt mit flachen, länglichen Booten, in denen Damen mit Sonnenschirmen anmutig zurückgelehnt saßen und ihre Finger müßig ins Wasser hängen ließen und schlanke, hochgewachsene Männer die Stechstangen betätigten. Wo Ally den Fluß überquert hatte und seine Schuhe voll Wasser gelaufen waren, war eine richtige Steinbrücke eingezeichnet, mit geschwungenen Brüstungen und Knaufen an den Enden, und modisch gekleidete Damen in langen Röcken lehnten sich über die Brüstung und winkten Freunden in den Booten zu.

»Hier sind wir rübergegangen«, erklärte Ally und wies mit einem Finger auf die verblaßte gewölbte Brücke. »Das obere Stück ist nicht mehr da. Unter dem Wasser ist noch etwas von dem Gewölbe übrig. Wir mußten uns ziemlich vorsichtig vorantasten. Man kann leicht reinfallen.«

An seiner Schulter spürte er ihr kurzes leichtes Erschauern, und er wußte, daß sie an Chloe dachte.

»Und dann sind wir hier durchgegangen, durch den alten Wald.«

Die Karte zeigte Pfade, die es nicht mehr gab, aber Ally fuhr mit dem Finger unbekümmert über den breitesten, bis der Finger auf dem winzigen, zarten, braunen Schmiedewerk ruhte, das das Tor zeigte und zu dem Rahmen der Karte paßte.

»*Dort* hält sie sich auf. Dort drinnen. In der Steinmenagerie.«

Er und Dr. Barney betrachteten die kleinen verblaßten Zeichnungen von kreisförmig angeordneten rechteckigen Käfigen und Arm in Arm gehenden Männern und Frauen, die mit hüpfenden, springenden Kindern zu ihren Füßen über die Lichtung wanderten und lachend auf die sie anfunkelnden Tiere zeigten.

Er sah, daß Riley recht gehabt hatte. In den Gruben waren Bären. Eine hohe Stange, die wie ein großer grauer Maibaum aussah, stand zum Klettern für die Bären in der Mitte. Die war jetzt nicht mehr da, es sei denn, sie lag, von Unterholz bedeckt, irgendwo außerhalb der Lichtung. Der Tiger schritt in dem Käfig hin und her, den Riley ihm zugeordnet hatte. Die Affen hingen gekrümmt und verzweifelt in Gruppen an ihren Gittern. Der Elefant stand stampfend da, festgebunden und eingeengt.

»Dort«, sagte Ally. »Dort. Dort ist sie. Soll ich Sie jetzt dorthin führen, damit wir sie holen?«

Sie sollten sich beeilen, dachte er. Flora könnte Schwierigkeiten haben.

Dr. Barney antwortete nicht sofort. Sie stand etwas länger da und starrte auf die Karte, die Stirn noch immer besorgt und verwirrt gerunzelt.

Und dann griff sie nach oben, nahm ihre große Ledertasche aus einem Bord und führte Ally auf dem schnellsten Weg aus dem Krankenhaus, durch kurze, dunkle Flure, in denen es nach Seife roch, und durch eine grüne Seitentür auf den kiesbedeckten Parkplatz. Auf dem weiten Rasen verlangsamte sie ihre Schritte unsicher, die alte braune Karte nur noch verschwommen vor Augen.

»Hier entlang«, sagte Ally und übernahm die Führung. »Wir gehen hier hinunter. Geben Sie acht auf die vielen Brombeerranken.«

9

Riley saß auf der anderen Seite des Morasts und schaute ins Wasser, die Knie hochgezogen und ein Lächeln im Gesicht. Seine Kleider wurden von der durch das Laub dringenden Abendsonne mit weichen rosa Flecken gesprenkelt. Sein Gesicht war ebenfalls rosa, aber ganz und gar.

Er hörte das Gras rascheln, als sie sich über die steile Böschung näherten, hob den Kopf und sprang auf, als er Ally erkannte. Er begann, vor Freude außer sich, auf und ab zu hüpfen, und prompt fielen seine beiden Schuhe in den Morast.

»Oh, verdammt!« rief er und fischte zum zweitenmal an diesem Tag im Schilf herum, um sie zu erwischen, bevor sie untergingen. »Verdammt.«

»Das da, das ist Riley«, flüsterte Ally Dr. Barney leise ins Ohr, als er sah, daß sie Riley über den Streifen von Laichkraut hinweg musterte.

»Riley …?«

Aber Ally, der hoffte, daß sie nicht auf einer Erklärung bestand, bis er bei Flora war, kniete sich hin, gab vor, sie nicht zu hören und begann, an seinen triefnassen verknoteten Schnürsenkeln zu zerren. Seine Schuhe waren von der letzten hastigen Überquerung noch nicht getrocknet, und es war fast Zeit, nach Hause zu radeln. Je trockener sie waren, wenn seine Mutter sie sah, desto weniger Theater würde es geben. Darum zog er sie also wieder aus, und Dr. Barney folgte seinem Beispiel.

Riley hatte inzwischen seine beiden Schuhe gerettet, rappelte sich auf und brüllte hinüber:

»Ich habe ein Baby, ein Mädchen, Ally. Sie sieht genauso aus wie ich.«

Dr. Barneys Augen verengten sich, und sie schürzte die Lippen.

»Eigentlich ist es Flora, die ein Baby bekommen hat«, flüsterte Ally. Dann trat er forsch auf das glitschige Steinwerk, um Dr. Barneys nächster Frage zu entgehen.

»Flora ...?«

Riley streckte nacheinander beiden die Hand entgegen, als sie die andere Seite erreichten.

»Ah, Dr. Barney, nehme ich an«, sagte er und schüttelte ihr ohne große Umstände die Hand, sehr zu ihrem Erstaunen. »Ich bin froh, daß Sie gekommen sind. Ich bin sicher, Flora wird die Verwünschung zurücknehmen, nachdem jetzt die ganze Sache gelaufen ist.«

»Die Verwünschung . . .?«

Ihre Stimme klang beiläufig, völlig professionell. Nur ihre stählernen Augen verrieten sie.

»Sie galt nur Ally«, versicherte Riley ihr freundlich. »Nicht Ihnen oder mir oder der guten alten Tante Chloe. Chloe war eine große Hilfe. Sie hat ganz allein ihre beiden Turnschuhsenkel in Floras Kochtopf sterilisiert, um die Nabelschnur abzubinden.«

»Turnschuhsenkel sterilisiert . . .?«

»Ja. Sehr aufmerksam von ihr, hat Flora gesagt, und daß ich Chloe meine leihen sollte.« Er lächelte betörend. »Darum sind meine Schuhe in den Morast gefallen.«

»Schon wieder«, gluckste Ally. Er hatte nicht gemerkt, wie erleichtert er war. Aber jetzt, als er sein Lachen um sie herum widerhallen hörte, wußte er, wie schrecklich besorgt er gewesen war. Es war jetzt alles vorbei. Flora war zurechtgekommen. Er hatte nicht mal etwas dagegen, daß das Baby wie Riley aussah. Er war nur sehr, sehr froh, daß alles in Ordnung war. Jetzt würde er dem Krach wegen seines Zuspätkommens ganz gelassen entgegensehen.

»Vermutlich brauchte sie die Schnürsenkel mehr als ich«, sagte Riley unschlüssig, als müsse er immer noch völlig überzeugt werden, besonders da seine Socken tropfnaß waren. »Sie rannte überall herum, suchte eine hübsche Wolldecke, um es einzuwickeln, trug es im Käfig hin und her und sang ihm fröhlich etwas vor. Das heißt dem Baby, nicht dem Käfig.«

»Baby ...?«

Dr. Barneys Stimme war immer noch zurückhaltend. Ihre Augen hatten etwas anderes zu sagen.

Aber Riley hatte sich wieder Ally zugewandt. »Sie kann gut mit Babys umgehen, deine Tante Chloe. Sie kennt all diese alten Wiegenlieder, Eiapopeia, Schlaf, Kindchen, schlaf und Schließ die Äuglein und so was. Sie bringt sie uns beiden bei, und Flora ist ihr sehr dankbar. Sie und ich konnten nicht mehr zusammenbringen als die Hälfte von Drei blinde Mäuse, was Flora einfach nicht ertragen kann, und eine kurze aufrüttelnde Hymne gegen Tierversuche, die wir letzte Ostern bei der Swindon-Kundgebung gehört haben.«

Er beugte sich etwas vor und flüsterte Ally ins Ohr: »Ich muß zugeben, daß sie mich ziemlich überrascht hat, wenn man das schreckliche Liebeslied an Arnold Hackett bedenkt, das sie vorher sang, als sie gerade kam.«

»Liebeslied an Arnold Hackett ...?«

»Wir sollten weitergehen«, unterbrach Ally Dr.

Barneys Fragen. Er hatte große Angst, daß sie plötzlich die Geduld verlieren und sich weigern könnte, noch einen einzigen Schritt mehr zu machen, wenn sie ihr nicht ausführliche Erklärungen gäben.

»Natürlich«, sagte Riley, der kapierte. »Lassen Sie mich dies tragen.« Er bückte sich und hob Dr. Barneys Tasche auf. »Du liebe Güte, ist die schwer. Was haben Sie da drin? Dutzende von Dosen Schinkenfleisch?«

»Schinkenfleisch ...?«

Doch während sie ihn noch anstarrte, sprang er durch die herunterhängenden Zweige davon und überließ es ihnen beiden, ihm zu folgen, wenn sie konnten.

»Das ist Riley«, sagte Ally wieder; er hatte das Gefühl, ein oder zwei erklärende Worte seien angebracht, doch gleichzeitig dachte er daran, daß bis jetzt die Verwünschung noch bestand.

»Riley ...?« sagte Dr. Barney ziemlich matt. »Wie reizend, ihn kennenzulernen ...«

Sie holten ihn am schmiedeeisernen Tor ein, wo er stehengeblieben war, um Walderdbeeren zu pflücken. Sie wanderten im Gänsemarsch über die Lichtung, und Dr. Barney warf im Vorübergehen einen interessierten Blick in Floras Kochtöpfe.

»Hat ihre beiden Turnschuhsenkel sterilisiert. Also wirklich!« sagte sie.

Flora saß gegen einen Stapel von Decken gelehnt und war mit Schals, indischen Tüchern und Rileys alten Kochschürzen zugedeckt. Sie sah blaß und erregt aus, und wunderschön. Sie hatte sich von Tante Chloe das Baby zurückgeben lassen, in seine Decke gewickelt, und Tante Chloe davon überzeugt, daß Morpheus und Thanatos nach all der Aufregung auch gehätschelt werden mußten. Die beiden Kätzchen scharrten in Chloes Schoß, und Hypnos sauste völlig überdreht auf dem Boden herum und kaute an den Enden von Rileys Schnürsenkeln in Tantchen Chloes Turnschuhen.

Dr. Barney stand an das Gitter gelehnt und sah sich in stummem Staunen in diesem außerordentlich merkwürdigen Behelfsheim um. Riley aber ging mit langen Schritten durch den Käfig, ließ sich neben Flora nieder, wiegte sie dicht an sich gedrückt sanft hin und her und bot ihr Erdbeeren an.

»Flora, mein Champignon, dies ist Dr. Barney ...«

»Sie ist gekommen, um Tantchen Chloe zurückzubringen«, warf Ally ein, so schnell er konnte. »Von dir hat sie nichts gewußt.« Dann sah er Chloes angstvolles Gesicht und fühlte sich ziemlich erbärmlich. »Ich bring dich wieder her, wenn sie es uns erlauben«, teilte er ihr mit und fügte hoffnungsvoll hinzu: »Wenn Dr. Barney uns läßt und Flora uns haben will.«

Tante Chloe zuckte niedergeschlagen ein wenig mit den Schultern und wandte sich trostsuchend den herumtapsenden Kätzchen zu.

»Wie fühlen Sie sich, Chloe?« fragte Dr. Barney. Die kleinen, ungewöhnlichen Zeichen von Aufmerksamkeit waren ihr nicht entgangen.

Tante Chloe nickte kaum wahrnehmbar. Ihr Kopf war noch immer gesenkt.

»Hör mal, da Dr. Barney schon einmal hier ist...«, begann Riley Flora zu umschmeicheln. »Flora, mein Walnußkern, meine süße getrocknete Aprikose...«

»Oh, meinetwegen«, sagte Flora. »Nur ein kleiner Check-up.« Sie lächelte Dr. Barney fast triumphierend an und erhielt als Gegenleistung einen kühlen Blick. »Da alles sowieso vorüber ist und alle der Meinung sind, daß ich großartig selbst zurechtgekommen bin.«

Sie drückte das eingewickelte Baby noch fester an sich. Ally hatte noch nichts von dem Baby gesehen. Was ihn betraf, so hätte es einfach nur eine Decke sein können.

»Das bist du, das *bist* du«, erklärte Riley ihr

begeistert. »Du bist großartig zurechtgekommen.«

Er nahm ihr das Babybündel aus den Armen und schickte alle außer Dr. Barney aus dem Käfig.

»Nur ein kleiner Check-up, für alle Fälle«, sagte er. »Ich bin sicher, sie ist sehr gut zurechtgekommen, wirklich. Das tut sie immer. Aber da Sie schon hier sind ...«

Dr. Barney funkelte ihn mit kalten Blicken an.

»Völlig gegen die Vorschriften«, hörte Ally sie gereizt sagen, als er gerade an ihr vorbeiging.

Flora stocherte abwesend in den Decken herum, um Hypnos wegzuscheuchen.

Dann rief sie Ally kurz zu sich.

»Die Verwünschung ist aufgehoben«, flüsterte sie ihm ins Ohr. »Ich freue mich, daß du wieder da bist.«

Er lächelte und streckte impulsiv den Finger aus, um die winzigen goldenen Glocken an ihren Ohren in Bewegung zu setzen und sie wieder klimpern zu hören. Er wagte nicht, sie zu küssen, aber das kam einem Kuß am nächsten, und selbst dabei errötete er heftig.

Er stolperte hinaus und ließ die beiden allein in dem kleinen Käfig zurück.

»Nenn es die Meinung eines Verrückten, wenn du willst«, sagte Riley, der Länge nach auf dem Gras ausgestreckt, etwas später sorglos. »Ich sehe nicht ein, was es schaden kann, mit Spray gegen Blattläuse vorzugehen.«

»*Riley*!« ertönte Floras Stimme über die dunkler werdende Lichtung.

»O Gott! Sie hat es *gehört*!« sagte Riley und täuschte Entsetzen vor. »Verteidige mich. Stärke mir den Rücken. Ich habe deine ganze Suppe gegessen!«

»*Riley*!« Flora stand vor dem Käfig, noch ziemlich unsicher. »Riley, wir gehen hinauf ins Krankenhaus. Dr. Barney sagt, wir können nicht über Nacht hierbleiben, auf dieser scheußlichen, ekelhaften, feuchten alten Lichtung. Sie sagt, daß Sanity sich in diesen dumpfen, schrecklichen Käfigen erkälten könnte.«

»Dumpfen, schrecklichen Käfigen?« wiederholte Riley mit offenem Mund. »Ekelhafte, feuchte Lichtung? *Sanity*?«

Flora kam, auf Dr. Barneys Arm gestützt, zu ihnen herüber.

»Ich dachte, wir nennen das Baby Sanity, Riley. Es hört sich so hübsch an.«

»Mach dich nicht *lächerlich*!« fauchte Riley. »So kannst du sie nicht nennen, Flora. Gib dem

Kind einen verrückten Namen wie Sanity und nach einem falschen Schritt« – er senkte die Stimme zu gedämpften und drohenden Tönen –, »einem *winzigen* falschen Schritt, Flora, mein Salatblatt, wie etwa dem Boykottieren des jährlichen Tagesausflugs des Kindergartens zum Zoo, werden die Sozialarbeiter dir das Kind aus den Armen reißen und es der Fürsorge übergeben. Stimmt's, Dr. Barney?«

»Nun ...«, begann Dr. Barney.

»Es *stimmt*!« sagte Ally. Sanity war ein schrecklicher Name. Darin würde er Riley voll und ganz den Rücken decken, mit oder ohne Suppe.

»Vielleicht habt ihr recht«, sagte Flora besorgt. »Ich glaube, Dr. Barney hielt auch nichts von dem Namen. Nicht wahr?«

»Nein«, sagte Dr. Barney. »Ehrlich gesagt, nein.«

»Na also«, sagte Riley. »Siehst du?«

»Wie heißen *Sie* denn?« fragte Flora Dr. Barney, in genau jenem Tonfall, in dem sie, wie Ally sich mit einem Stich im Herzen erinnerte, mit ihm gesprochen hatte, als sie dachte, sie würde seinen Namen pflanzen.

»Elizabeth«, sagte Dr. Barney. »Elizabeth Mary Barney.« Sie hörte sich richtig erfreut an, zum erstenmal an diesem Tag.

»*Wunderschön*«, sagte Riley und griff mit offensichtlicher Erleichterung diesen ersten Vorschlag auf, so schnell er konnte, um Schlimmeres zu vermeiden. »Damit wäre die Frage geklärt, Elizabeth.«

»Chloe Elizabeth«, schlug Ally plötzlich vor, und alle schauten auf ihn.

»Chloe Elizabeth.« Flora probierte den Namen leise aus, wie Ally ihren ausprobiert hatte, als er ihn zum erstenmal sah, gepflanzt, vom hohen Fenster der Teestube aus.

Alle wandten sich Tante Chloe zu, um zu sehen, wie sie es aufnahm. Ein zartrosa Schimmer färbte ihre Wangen. Sie drückte das Baby fester an sich.

»Ja«, sagte Riley. »Chloe Elizabeth.«

Er stand auf und nahm ihr das Deckenbündel aus den Armen.

»Chloe Elizabeth«, sagte er. »Sehen wir zu, daß wir dich an einen sicheren Ort bringen, weg von dieser scheußlichen, ekelhaften, feuchten alten Lichtung, bevor du Rost ansetzt wie all meine Küchengeräte und es dunkel wird und Allys Eltern das Krankenhaus stürmen und den See nach unseren Leichen absuchen.« Er dachte kurz nach. »Flora, wenn du bis zur Mauer humpeln kannst, klaue ich ein Auto und hole dich dort ab.«

»Sie können meins nehmen«, sagte Dr. Barney.

»Ich bin müde und wund«, informierte Flora Riley kalt. »Ich bin nicht *lahm*. Aber trotzdem wäre ich froh, wenn jemand mich diesen Berg da raufbringt. Vielen Dank, Dr. Barney.«

Flora nahm Riley das Baby wieder ab und ging voran zum Tor, das Bündel mit beiden Armen fest an sich gedrückt.

Tante Chloe hastete zurück in den Käfig und kam kurz darauf wieder raus, mit den Kätzchen und Nyx, die sie alle in einen geflochtenen Korb gelegt hatte. Sie folgte Flora, und ein kleiner Schwanz von Broschüren schwebte hinter ihr her, von ärgerlichen Pfoten aus dem Korb geworfen.

Dr. Barney machte sich leicht beunruhigt hinter den beiden auf den Weg.

»Machen Sie sich keine Gedanken wegen Flora«, beruhigte Riley sie fröhlich. »Flora wird wunderbar zurechtkommen. Sie kommt immer wunderbar zurecht, nicht wahr, Ally?«

»Ja«, sagte Ally. »Das tut sie.«

Er fühlte sich plötzlich erschöpft und wollte nach Hause. Es war ihm gleichgültig, ob der Krach schon heute abend kam. Er wollte einfach zu Hause sein.

»Warte auf mich, Tante Chloe«, rief er ihr nach. »Bitte.«

Sie hörte ihn, drehte sich um, wartete auf ihn und stellte den Korb im Gras ab, bis Ally sie eingeholt hatte.

10

Schwester Beddowes stand mit in die Seite gestemmten Armen mitten in der Teestube und verteidigte das Crispin-Hospital trotz Floras blassen erschöpften Aussehens und Rileys Schmeicheleien zielstrebig gegen ihr Eindringen.

»Dies ist ein psychiatrisches Krankenhaus«, wiederholte sie eisig. »Wir haben keine Betten für Wöchnerinnen.«

»Das geht schon in Ordnung«, versuchte Riley sie zu beschwatzen. »Flora ist nicht wählerisch, nicht wahr, meine sprießende Linse? Wir nehmen jedes schäbige Bett, oder etwa nicht, meine Blüte? Und wenn das nicht geht, tut's auch ein Stall. Eine alte Futterkrippe ...«

»Sie können keins von unseren Betten bekommen«, sagte Schwester Beddowes. »Gehen Sie zum Allgemeinen Krankenhaus an der Munford Umgehungsstraße. Dort haben sie alle möglichen Betten. *Unsere* Betten sind psychiatrische Betten.«

»Tatsächlich?« sagte Riley. »Psychiatrische

Betten? In was für einem würdest du gern schlafen, Flora, mein Liebes? In einem Zusammenbruchsbett, das etwas wackelt, in einem paranoiden Bett hinter Vorhängen versteckt, einem psychopathischen Bett, dessen Matratze sich nachts in einer plötzlichen bösartigen Eingebung aufbäumen und dich ersticken könnte, oder in einem Zweibettzimmer mit schizophrenen Betten? Mehr können sie dir nicht anbieten. Sie haben hier keine standfesten, stabilen Wöchnerinnenbetten. Ihre Betten sind psychiatrisch.«

»Das ist nicht komisch«, sagte Dr. Barney und bemühte sich, nicht zu lachen.

»Sie meinte die Patienten, nicht die Betten«, erklärte Ally Riley.

»Er weiß genau, was ich meinte«, sagte Schwester Beddowes verdrießlich.

»Es ist außerordentlich kurzsichtig von Ihnen.« Riley blieb hartnäckig. »Ich dachte, daß der staatliche Gesundheitsdienst eine Menge von Prophylaxe hält.«

»Prophy *was*?« fragte Ally.

»Prophylaxe«, wiederholte Riley geduldig. »Wehret der Krankheit, bevor sie beginnt. Und ein Kind, das von unserer Flora aufgezogen worden ist, wird schließlich zwangsläufig eines Tages zurückkommen.«

»Oh«, sagte Ally.

Eine neue Masche, das war ihm klar. Riley konnte es nicht ernst meinen. Flora, dachte er, würde eine tolle Mutter sein. Chloe Elizabeth mochte es vielleicht eine ganze Weile nicht erkennen, aber sie hatte wirklich Glück.

»Nicht hier, wir glauben nicht daran«, sagte Schwester Beddowes. »Wir können es uns nicht leisten, so zu denken, wir haben zu wenig Personal.«

»Wie sieht's dann mit Jobs aus?« schlug Riley prompt vor. »Sie könnten uns beide einstellen. Mich ab morgen und Flora nach und nach, wenn sie sich ein paar Tage ausgeruht hat. Und Sie könnten uns eine dieser gemütlichen möblierten Wohnungen für zwei oben im Dachgeschoß vermieten.«

Er machte mit der einen Seite seines Gesichts heftige Zeichen und zeigte mit dem Finger. Ally beugte sich hinunter und stopfte den neugierigen Morpheus zurück in den Korb unter Tante Chloes Stuhl, bevor Schwester Beddowes ihn entdeckte und einen Anfall bekam.

»Was können Sie?« fragte Schwester Beddowes mißtrauisch.

»Flora ist eine nicht ganz unbekannte Korbflechterin«, sagte Riley stolz. »Eines ihrer besten

Stücke liegt im Augenblick unter Chloes Stuhl – hol ihn nicht hervor, Tante Chloe! Zeig ihn ihr *später*, wenn alles *geregelt* ist! –, und sie webt auch wunderschön und macht Stoffdrucke. Der Rock, den sie trägt, ist ganz und gar ihr eigenes Werk. Und sie hat diese hübsche Wolldecke gewebt, in die das Baby eingewickelt ist.« Er zeigte, pikte, befühlte den Stoff und wies auf den Korb unter Tante Chloes Stuhl, und Ally wurde klar, daß er verzweifelt versuchte, eine Unterkunft für sie alle zu finden, wenn er Floras Arbeiten so eindringlich anpries.

»Es *muß* einen kleinen Platz in der Beschäftigungstherapie für sie geben, wenn Sie so wenig Personal haben«, beharrte Riley. »Und ich selbst, als erfahrener Koch, kann Schinkenfleisch ebensogut in Scheiben schneiden wie die nächstbeste Küchenhilfe.«

»*Riley*!« sagte Flora und sah schockiert auf. »*Schinkenfleisch*? Hast du keine Skrupel?«

»Skrupel?« Er ließ sich neben ihr auf die Knie fallen, drängend, flehend. »Skrupel, mein Petersilienzweiglein? Es gab einmal eine Zeit für Skrupel, das gebe ich zu, und es wird sie wieder geben, das verspreche ich dir. Bald. Aber jetzt haben wir kein Geld, kein Heim und ein Baby aufzuziehen. Wir müssen ein wenig nachgeben, Flora, nur um zu überleben. Das Leben ist ein schwieriges Geschäft.«

Er nahm ihre Hand und drückte sie zärtlich.

»Und ich werde mir nicht einmal die Finger lecken, wenn ich das Schinkenfleisch aufgeschnitten habe, das verspreche ich dir. Ich werde sie an meiner Schürze abwischen.«

Bewegt von seinen Worten, lächelte Schwester Beddowes ihn wohlwollend an. Es war ihr erster netter Blick, seit er hereingekommen war.

Flora seufzte tief und schaute vorsichtig in das Deckenbündel. »Vielleicht hast du recht«, sagte sie. »Vielleicht hast du recht. Ich bin wirklich sehr müde. Eine gemütliche warme Personalwohnung wäre so schön. Und wenn ich hier einen Job hätte, könnte ich wieder weben, nicht?«

»Du könntest Mützen für Chloe Elizabeth weben, bevor das scheußliche Wetter kommt«, überredete Riley sie schamlos. »Und Körbe flechten, in denen sie schlafen kann.«

»Wie Moses«, sagte Ally.

»Wie *kann* sie arbeiten?« Schwester Beddowes wandte sich mit weit ausgebreiteten Armen hilfesuchend an Dr. Barney. »Sie hat ein neugeborenes *Baby*. Es ist *gegen alle Vorschriften*.«

»Ich bin sicher, daß sie zurechtkommen wird«, sagte Dr. Barney. »Offenbar tut sie das immer.«

»Tante Chloe könnte ihr helfen«, sagte Ally. »Mit all dem Hätscheln und Schlafliedern und so was. Das wollte sie sowieso. Die Kätzchen im Korb da sind nur Ersatz.«

Er merkte, was er gesagt hatte, und schlug sich mit der Hand auf den Mund.

Es war zu spät.

»Kätzchen?« schrie Schwester Beddowes mit gellender Stimme. »*Kätzchen*? Hast du Kätzchen auf meine Station gebracht? Meine Patienten werden Würmer kriegen!«

»Würmer?« Flora wandte sich niedergeschlagen an Dr. Barney.

»Würmer?«

»Da haben wir's!« sagte Dr. Barney triumphierend. »Ich habe Sie übertrumpft, Flora. Mein eigener Beruf, so bescheiden er in Ihren Augen auch sein mag, spielt immer noch eine gewisse Rolle, wo Heilkräuter ihre Grenzen haben. Sie, Flora, können Würmer nicht behandeln. Ich kann.«

»Tatsächlich?« sagte Riley fasziniert. »Sie können *Würmer* behandeln? Ich finde es umwerfend, daß Sie es überhaupt merken, wenn sie krank sind.«

»Sie meint, Patienten behandeln, die Würmer haben, nicht die Würmer selbst behandeln«, erklärte Ally.

»Er weiß genau, was sie meint«, mischte Schwester Beddowes sich wieder ein, doch nicht so verdrießlich wie vorher.

»Wie steht es mit Referenzen?« fragte sie. »Das Krankenhaus trifft die Entscheidungen, nicht die Schwestern oder einer der Ärzte. Und ohne Referenzen stellen sie Sie nicht ein.«

»Ich habe eine ganz hervorragende Referenz«, behauptete Riley selbstzufrieden. »Die Managerin vom vegetarischen Restaurant *Nahrung zum Nachdenken* in Gibbet Field, Buckingham, schrieb sie mir, als ich das Restaurant verließ. Darin steht, neben anderen freundlichen Dingen, daß ich über weit größere Fähigkeiten als Koch verfüge als über Probität.«

»Von Probität habe ich noch nie gehört«, wandte Schwester Beddowes mißtrauisch ein. »Und ich seh mir alle Kochsendungen an.«

»Das mag ja sein«, sagte Riley. »Aber nichtsdestoweniger habe ich größere Fähigkeiten. Und als ich ging, drängte die Managerin mir eine große dicke Dose mit Schinkenstückchen auf, zum Mitnehmen.«

Ally beugte sich bis über die Knie vor, um sein Lachen zu unterdrücken und die Lachtränen zu verbergen.

»Ich habe auch eine Referenz«, erklärte Flora.

»Mein letzter Geschäftspartner schrieb sie. Darin sagt er, er sei der Meinung, ich könnte alles auf dieser Welt managen, was zu managen ich mir in den Kopf gesetzt habe. Und in einem kurzen P. S. fügt er hinzu, daß er meine Fähigkeiten wahrscheinlich bei weitem unterschätze, und daß ich vermutlich auch eine Mondsonde managen könnte.«

»Das könntest du, das *könntest* du«, stimmte Riley großzügig zu. »Wer diese nette Referenz auch geschrieben haben mag – es ist die reine Wahrheit.«

»Das mit der Mondsonde ist ziemlich schwer zu beweisen«, sagte Ally diplomatisch. »Ein Orchester dagegen ...«

»Kleinkram«, rief Flora. »Nichts einfacher als das, Ally. Ich verspreche dir, innerhalb einer Woche hätte Tante Chloe ihre Flöte wieder.«

»Das würde sie schaffen, sie *würde* es schaffen«, johlte Riley.

»Daran habe ich keine Zweifel«, sagte Dr. Barney. »Nicht die geringsten.«

»Sehen Sie«, sagte Riley triumphierend. »Noch eine überschwengliche Referenz für Ihre Akten, Schwester Beddowes!«

»Sie sollten sie nehmen«, sagte Ally plötzlich. »Sie würden so gut für das Krankenhaus sein – die

Leute ein bißchen aufmuntern. Sie haben meine Tante Chloe ganz schön aufgemuntert, an einem einzigen Tag. Ich finde, Sie wären einfach *blöd*, wenn Sie sie nicht einstellen.« Er hörte das Wort *blöd* im Raum hängen, nachdem er den Mund geschlossen hatte, und fügte für den Fall, daß er sie verärgert haben sollte, hastig hinzu: »Das ist natürlich nur meine eigene Meinung.«

»Natürlich ist es das«, sagte Flora energisch. »Wenn es die Meinung eines anderen wäre, würdest du dir wahrscheinlich nicht die Mühe machen, sie von dir zu geben, oder?«

»Nein«, sagte Ally verwirrt. »Nein, vermutlich nicht.«

»Ich denke, deine Meinung ist ebensogut wie die eines jeden anderen«, fuhr Flora fort. »Außer über Sachen wie allgemeine Topologie oder Ziegenzucht in den Bergen, von denen du vielleicht nichts verstehst. Stimmt das nicht, Ally?«

»Ja«, sagte Ally, immer noch verwirrt. »Ja, vermutlich stimmt es.«

Die Idee war für ihn ganz neu. Sie hörte sich ungewohnt an, aber eigentlich ermutigend. Er dachte, daß sie sich vielleicht als sehr nützlich erweisen könnte, bei den Streitereien...

»Was nun diese Personalwohnung betrifft«, sagte Riley.

Auf einmal, und ohne jede Warnung, änderte Schwester Beddowes ihren Kurs.

»Ich sehe es so«, begann sie ganz friedlich. »Sie sind beide völlig übergeschnappt.«

»Dieses Wort benutzen wir hier nicht«, erinnerte Dr. Barney sie sehr sanft. »Mir ist sehr wohl bewußt, daß Sie überarbeitet sind, Schwester Beddowes. Aber wir benutzen das Wort einfach nicht in diesem Krankenhaus.«

Es gab Wörter, stellte Ally fest, die man an einem Ort benutzen konnte, an einem anderen nicht.

»Des einen Mannes Klops ist des anderen Klaps«, stellte er kichernd fest. Aber nur Riley lachte.

»Wir können Flora heute abend einfach nicht abweisen«, sagte Dr. Barney. »Es läuft also darauf hinaus, für heute abend eine Personalwohnung auf Treu und Glauben und als erstes morgen früh Gespräche mit der Personalabteilung oder zwei Betten in der Station für akute Fälle.« Sie wandte sich an Schwester Beddowes: »Dort werden Sie diese Woche sein, nicht wahr, Schwester?«

Schwester Beddowes starrte entsetzt auf Riley. Riley grinste sie an und rollte mit den Augen.

Sie schaute hinunter auf die Kätzchen im Korb, die verbissen an Tante Chloes Stuhlbein kauten und Broschürenfetzen auf dem Boden verstreuten. Ihre Lippen zitterten.

Sie sah Flora an, die das winzige Baby stillte. »Ich glaube, ich sollte Sie darauf hinweisen, daß ich streng vegetarisch lebe«, sagte Flora liebenswürdig.

»Sie predigt auch«, sagte Riley. »Ununterbrochen. Gegen Tierversuche.«

Er beobachtete Schwester Beddowes mit einem Mitgefühl, das aus echtem Verständnis geboren war, als sie prompt und vollständig kapitulierte.

»Personalwohnung«, sagte sie. »Es ist die Personalwohnung. Oder ich belege selbst ein Bett auf meiner eigenen Station.«

»Das ist nicht besonders freundlich«, tadelte Riley sie.

Schwester Beddowes zuckte mit den Schultern. Jetzt, da sie den Kampf beendet hatte, wurde sie praktisch.

»Sie sollten sich hinlegen«, forderte sie Flora auf. »Legen Sie sofort die Füße hoch. Ich werde mich um alles für Sie kümmern. Es wird Zeit, daß Sie Ruhe und Frieden haben.«

Sie wandte sich an Riley.

»Was Sie betrifft«, sagte sie drohend, »Sie werden morgen früh ein Gespräch führen, wie Dr. Barney sagte. Und an Ihrer Stelle würde ich mich dafür etwas herausputzen. Dies ist ein Krankenhaus. Sie müssen sauber sein. Sehen Sie sich Ihre *Schuhe* an! Sehen Sie sich Ihre *Socken* an!«

Riley zerrte gehorsam an seinen Hosen und enthüllte haarige Beine. Schwester Beddowes kreischte:

»Sehen Sie sich an! Sie haben *Gezeitenmarken* um Ihre Knöchel! *Koch* wollen Sie sein? Für mich sehen Sie eher nach einem *Strandgutsammler* aus!«

Sie machte kehrt auf ihren Gummiabsätzen und marschierte auf die breite Pendeltür zu, deren Flügel sich wie durch Zauberei öffneten, als sie sich näherte.

Sie segelte majestätisch hindurch und nickte dankend nach rechts und links, wo James und Nancy Seton standen.

»*Ally*!« rief seine Mutter aus und steuerte auf ihn zu. »Wo *warst* du? Hast du die leiseste Ahnung, wie *spät* es ist? Es ist seit einer Stunde dunkel! Wir waren deinetwegen beide krank vor Sorgen. Wir haben dich schon vor *Stunden* zu Hause erwartet! Du hast nicht einmal deine Fahrradlampe mitgenommen. Wir haben telefoniert und telefoniert, und niemand schien zu wissen, wohin du gegangen warst oder ob du schon zurückgekommen seist. Und so mußten wir wieder raus, nur um dich zu suchen! Ich bin wirklich *sehr* ärgerlich!«

Ally schaute auf den Fußboden. Der Sommersturm, so stellte er mit einiger Erleichterung fest, war endlich gekommen; das dünne Eis, auf dem er gelaufen war, begann zu bersten. Wenn er vorsichtig war, könnte er es vielleicht noch zum Ufer schaffen.

Bevor er etwas sagen konnte, hatte seine Mutter sich umgedreht und fiel über ihre Schwester her.

»*Chloe*«, sagte sie. »Da bist du ja! Sie sagten, du hättest dich verirrt! Oh, was für ein *Durcheinander*! Ich *wußte*, daß Ally nicht allein hätte kommen sollen. Ich *wußte* es! Ich war richtig krank vor Sorgen, schon die ganze Woche. Ich *wußte*, wenn ich nicht hier bin, um auf euch beide aufzupassen, würde die Sache schiefgehen!«

Das war es also, dachte Ally. *Das* also war's.

»Nichts ist schiefgegangen«, sagte Riley. »Es ist *anders* gelaufen, da gebe ich Ihnen recht, Mrs. Seton. Aber nichts ist *schief*gegangen. Vielleicht ist es nicht so gelaufen, wie *Sie* es haben wollten. Aber trotzdem ist es nicht schlechter gelaufen. Nichts ist schiefgegangen.«

Ally hielt den Atem an, dankbar, doch entsetzt, und wartete darauf, daß der nächste Wutausbruch seinen Verteidiger treffen würde.

Doch Allys Mutter starrte Riley mit geöffnetem Mund an, von seiner Unverschämtheit zum Schweigen gebracht.

Er lächelte ihr freundlich zu.

Wütend wandte sie sich an Ally.

»*Ally*! Deine Schuhe sind klitsch*naß*. Sehr wahrscheinlich sind sie nicht mehr zu gebrauchen! Ich zahle dir jedenfalls keine neuen, nur weil du diese ruiniert hast! Dein Abendessen ist auch nur noch eine Schüssel Asche, und das ist deine Schuld. Nieren schrumpfen eben zusammen. Man kann Nieren nicht warm halten!«

Sie sah sich zornig um. Alle anderen sahen sie an, außer Tante Chloe, die ins Lampenlicht blinzelte. James Seton trat ein paar Schritte vor und legte die Hand auf den Arm seiner Frau, aber sie schüttelte sie sofort ab.

»Ally! Wo *warst* du?« rief sie. »Antworte mir, auf der Stelle! Und was geht hier überhaupt vor? Was ist das für eine Zusammenkunft am späten Abend? Wer *sind* diese Leute?«

Sie legte eine kurze Pause ein, doch nur, um die Runde von stummen, ihr zugewandten Gesichtern anzufunkeln.

Ihre Blicke blieben an Flora hängen.

»Ungekämmt!« Ihre zusammengepreßten Lippen vermittelten das Urteil deutlich genug, auch wenn sie nichts sagte. Sie wandte sich ihrem Ehemann zu, auf der Suche nach seiner unterwürfigen Zustimmung, ohne die sie, wie er und Ally wußten, keine Ruhe geben würde.

»Direkt von einem Besenstiel«, sagte James Setons Gesicht aus alter Gewohnheit, prompt und gehorsam. Und doch war der Ausdruck tief in seinen Augen nicht so kritisch. Und als seine Frau sich wieder abwandte, mit gestärktem Rücken und beruhigt, wurde sein willensschwaches Gesicht sofort weicher und zeigte eine Andeutung von sehnsüchtiger Bewunderung.

»Kennen wir uns?« fragte Nancy Seton, obwohl sie genau wußte, daß sie sich noch nie begegnet waren. Denn Flora war nicht irgendwer – nicht jemand, den man vergessen würde.

»Ich heiße Flora Henderson. Ich werde bei der Beschäftigungstherapie aushelfen.«

»Ich heiße William Riley«, sagte Riley. »Ich gehöre jetzt zum Küchenpersonal. Und dies«, fügte er stolz hinzu und zeigte auf Floras Bündel, »ist Chloe Elizabeth Henderson Riley.«

»Die *Decke* da?«

»Nein«, sagte Flora. »Nicht die Decke. Das Baby, das darin steckt.«

»Beide sind Floras Werk«, erklärte Riley, »die Decke und das Baby.«

»Es muß sehr klein sein«, sagte Allys Mutter mäkelig.

»Diamanten sind nun mal nicht so groß wie Ziegelsteine«, sagte Tante Chloe ziemlich unhöflich, an den Boden zwischen ihren Füßen gewandt.

Alle starrten sie an.

Ally stand auf.

»Es tut mir sehr leid, daß ich so spät dran war«, sagte er. »Der Tag mit Tantchen Chloe ist so schnell vergangen, daß ich nicht auf die Zeit geachtet habe. Ich merkte erst, wie spät es war, als es dunkel wurde. Ich wußte nicht, daß ihr euch Sorgen machen würdet.«

Seine Mutter reagierte auf diese schlichte Entschuldigung mit unverhohlenem Zweifel und wiederholte schließlich gereizt: »Deine Nieren werden ungenießbar sein, wenn wir nach Hause kommen!«

Ally fing einen Blick von Flora auf.

Er versuchte, sofort wegzuschauen, weil er ganz genau wußte, was sie wollte. Aber sie hatte die Augenbrauen hochgezogen und sah ihn erwartungsvoll an. Er konnte sie nicht enttäuschen.

Er seufzte. Er hätte es im Augenblick viel lieber zurückgestellt. Seiner Mutter an einem anderen Tag erklärt, was er vorhatte. Nicht heute.

Aber andererseits, dachte er, hat Flora vielleicht

recht. Vielleicht sollte ich es nicht aufschieben. Und ich habe zu Tantchen Chloe gesagt, daß ich robust genug sei, mit den Dingen fertig zu werden. Ich sollte feststellen, ob das stimmt.

»Ich werde keine Nieren mehr essen«, verkündete Ally. »Ich bin Vegetarier geworden.«

Chloe sah auf.

»*Vegetarier?*« sagte sein Vater verblüfft.

»Gratuliere, Ally«, sagte Riley. »Und viel Glück.«

»Wer hätte das gedacht«, sagte Dr. Barney.

Flora lächelte ihn stolz an, ein wunderschönes Lächeln. Und das allein machte es die Sache wert.

Seine Mutter schob die Lippen vor.

»Das werden wir ja sehen«, sagte sie mit steifer, abgehackter Stimme.

Sie warf den Kopf zurück, wandte ihm den Rücken zu und marschierte direkt zur Tür, gefolgt von Allys Vater.

»Vegetarier, also wirklich«, hörten sie alle murmeln. »Nun, das werden wir ja sehen. Das werden wir schon sehen, wie?«

Ally vermutete, daß sie das tun würden. Es würde in dieser Woche nicht leicht sein zu Hause.

Er biß sich auf die Lippe und drehte sich zur Seite, um sein hochrotes Gesicht, seine glitzernden Augen und seine tiefe Demütigung für sich zu behalten.

Plötzlich fand er sich neben dem Eckfenster wieder, wo er nach jenem anderen Streit mit vor Zorn geballten Fäusten gestanden und auf Floras Namen unten am See hinuntergestarrt hatte.

Es war jetzt zu dunkel, um etwas sehen zu können, außer dem schärfer gewordenen nachtblauen Spiegelbild von vier netten Menschen, die still dasaßen und ihn in derselben verräterischen Scheibe beobachteten, in der er sie sah.

Flora und Riley, Chloe und Dr. Barney.

Sie werden alle hiersein, sagte er sich zuversichtlich. Nächste Woche werde ich sie hier sehen. Ich kann immer daran denken. Es könnte schlimmer sein.

Er ging zu ihnen hinüber, um sich rasch zu verabschieden.

»Auf Wiedersehen bis zur nächsten Woche«, sagte er zu Dr. Barney.

»Das hoffe ich, Ally«, sagte Dr. Barney. »Kopf hoch.«

»Tschüß, Riley«, sagte Ally.

Riley streckte die Hand aus. »Danke, Ally«, sagte er und grinste ermutigend. »Danke für alles. Bis nächste Woche.«

Er drückte Tante Chloe einen schnellen Kuß auf

die Wange. »Auf Wiedersehen«, sagte er. »Eines Tages bring ich dich wieder dorthin, das verspreche ich dir. Wir machen ein Picknick in der Steinmenagerie.«

Sie drückte seine Hand sanft und verstohlen.

Er wandte sich zu Flora.

»Bis Sonntag, Flora«, sagte Ally. »Sei vorsichtig.«

Sie lächelte ihn an und nickte. Die kleinen goldenen Glocken an ihren Ohren klimperten vor sich hin und gaben ihm Mut für die kommende Woche.

Er lächelte, so gut er konnte, drehte sich um und verließ sie.

Anne Fine
Killjoy
Roman

Mit einer Ohrfeige beginnt die grausame Geschichte einer Obsession. Ian Laidlaw ist ein ausgeglichener Mann, ruhig, kultiviert, tüchtig. Er ist Vorsteher der Fakultät für Politikwissenschaft an einer schottischen Universität. Seine regelmäßigen, ereignislosen Tage nehmen ihren ausgewogenen Lauf – bis die Studentin Alicia ihm eines Nachmittags ins Gesicht lacht und seine geordnete Welt zum Einstürzen bringt.

»Die Autorin, die sich in beide Partner in gleicher Weise hineindenken kann, mischt mit erstaunlicher Routine aus feministischem Furor, unbestechlicher Schärfe des Blicks und am Ende auch einem gehörigen Schuß schottischer Drastik einen makabren erzählerischen Cocktail. Ihre Zeichnung der erotisch aufgeladenen Zweierbeziehung kommt dabei ohne jeden spekulativen Voyeurismus aus. Die handwerkliche Sicherheit, die dieser Erstling verrät, möchte man auch deutschen Autoren häufiger wünschen. So darf man von einem verheißungsvollen Debüt sprechen.« *Matthias Wegner/Kölnische Rundschau*

»*Killjoy* ist Krimiparodie, Generationssatire, erotische Literatur. Gleichzeitig aber schonungslose Vivisektion von Machtverhältnissen.« *Profil, Wien*

»Nabokovs *Lolita* nimmt sich dagegen als romantische Bettlektüre aus.«
Bernd Rasche/Frankfurter Rundschau

Hausbücher im Diogenes Verlag

»Diese Bücher sind Hausbücher,
das heißt, sie wollen wieder und wieder
zur Hand genommen werden,
wollen Grundstock kindlicher Bildung sein.«
Frankfurter Allgemeine Zeitung

Das große Märchenbuch
Die 100 schönsten Märchen aus Europa. Gesammelt von Christian Strich. Mit über 600 Bildern von Tatjana Hauptmann.

»Die außergewöhnlichste Märchensammlung, die es je gab – eine wundervolle Welt der Farben und der Phantasie.«
Schweizer Illustrierte, Zürich

Das große Buch der Kinderreime
Die schönsten Kinderreime aus alter und neuer Zeit, Auszählverse, Spielgedichte, Abzählreime, Versteckstrophen, Kinderlieder, Schüttelreime, Rätselsprüche, aufgesammelt sowie etliche neu dazuerfunden von Janosch und illustriert mit über 100 farbigen Bildern.

»Janosch, Deutschlands zärtlichster Zeichner, wird immer besser, immer poetischer, immer konsequenter.« *Titel, München*

Rasputin
Das Riesenbuch vom Vaterbär. Sechsundsechzig Geschichten aus dem Familienleben eines Bärenvaters, erzählt und gemalt von Janosch.

Ein prachtvolles Album mit Rasputin, der so ist wie dein Vater, wie unser aller Vater. Rasputin ist der Vaterbär dieser Welt.

Das große Liederbuch
Über 200 deutsche Volks- und Kinderlieder aus dem 14. bis 20. Jahrhundert, gesammelt von Anne Diekmann unter Mitarbeit von Willi Gohl. Alle im Originaltext und in der Originalmelodie. Illustriert mit über 150 bunten Bildern von Tomi Ungerer.

»In seinem großen Liederbuch hat Tomi Ungerer die schönsten deutschen Volksweisen mit sanfter Ironie und zärtlicher Erinnerung an seine Kindheit bebildert.«
Stern, Hamburg

Das große Buch der kleinen Tiere
Elf Geschichten von kleinen Tieren für große und kleine Menschen von Bernhard Lassahn mit Bildern von Tomi Ungerer.

Fabelhafte Geschichten, und doch nicht Fabeln im traditionellen Sinne: Die alte, fast schon versunkene Welt der Tiere wird konfrontiert mit heute, die Märchenwelt der Tiere, die Erinnerung an die Zeit, als die Tiere noch ›Gevatter‹ waren, steht der Welt der Supermärkte und Videorecorder gegenüber. Geschichten zum Vorlesen und Selberlesen, Geschichten auch zur Guten Nacht.

Diogenes Kinderbücher

● Joan Aiken
Das letzte Stück vom Regenbogen. Aus dem Englischen von Matthias Müller. Mit zahlreichen Illustrationen von Margaret Walty

● Kurt Bracharz
Wie der Maulwurf beinahe in der Lotterie gewann. Mit vielen Zeichnungen von Tatjana Hauptmann. Diogenes Kinder Klassiker

● Jean de Brunhoff
Die Geschichte von Babar, dem kleinen Elefanten. Aus dem Französischen von Claudia Schmölders
Babar auf Reisen. Deutsch von Hans Manz
König Babar. Deutsch von Hans Manz
Zephir macht Ferien. Deutsch von Hans Manz
Familie Babar. Deutsch von Hans Manz

● Laurent de Brunhoff
Babar-Box: Die vier Elemente. Vier Bändchen in Kassette. Aus dem Französischen von Anna von Cramer-Klett
Babar und das Gespenst. Deutsch von Lislott Pfaff
Babars Buch der Farben. Deutsch von Eva Peters
Wir lernen Englisch mit Babar. Deutsch von Leslie Giger
Wir lernen Französisch mit Babar. Deutsch von Leslie Giger

● Wilhelm Busch
Max und Moritz. Mit einem Nachwort von Friedrich Bohne. Diogenes Kinder Klassiker

● Roald Dahl
Die Giraffe, der Peli und ich. Geschichte von Roald Dahl. Aus dem Englischen von Dorothee Asendorf. Mit Illustrationen von Quentin Blake

● Die Diogenes Schulfibel
Geschichten, Sprüche, Rätsel und viele Bilder für Kinder, die vergnügt groß und klug werden wollen. Herausgegeben von Anne Schmucke. Diogenes Kinder Klassiker

● Philippe Fix
Serafin und seine Wundermaschine. Geschichte von Alain Grée. Aus dem Französischen von Sabine Ibach
Serafin gegen Serafin. Geschichte von Alain Grée. Deutsch von Sabine Ibach
Serafin lesen verboten. Geschichte von Alain Grée. Deutsch von Sabine Ibach
Mumps und Tilli reisen mit der Zeitmaschine. Geschichten von Werner Schmidmaier und Hans Manz
Mumps und Tilli kehren zurück. Geschichten von Werner Schmidmaier und Hans Manz

● Paul Flora
Die Männchen und die Fräuchen. Geschichte von Hilde Janzárik
Diogenes Kinder Klassiker

● Edward Gorey
Er war da und saß im Garten. Geschichte von Rhoda Levine. Aus dem Amerikanischen von Hans Manz
Meister Lampe und seine Tricks. Geschichte von Ennis Rees. Deutsch von Anna von Cramer-Klett
Samuel und Emma. Geschichte von Donald Nelsen. Deutsch von Hans Manz
Katz und Fuchs und Hund und Hummer
Fabeln von Äsop, nachgedichtet von Ennis Rees. Deutsch von Claudia Schmölders
Diogenes Kinder Klassiker
Rotkäppchen. Ein Märchen der Brüder Grimm. Diogenes Kinder Klassiker
Schorschi schrumpft. Geschichte von Florence Parry Heide. Deutsch von Hans Wollschläger. Diogenes Kinder Klassiker
Schorschis Schatz. Geschichte von Florence Parry Heide. Deutsch von Hans Wollschläger. Diogenes Kinder Klassiker
Schorschi. Geschichten von Florence Parry Heide. Aus dem Amerikanischen von Hans Wollschläger und Dorothee Asendorf
Rumpelstilzchen. Ein Märchen der Brüder Grimm. Diogenes Kinder Klassiker

● Tatjana Hauptmann
Ein Tag im Leben der Dorothea Wutz
Hurra, Eberhard Wutz ist wieder da!
Adelheid Schleim

● Richard Hughes
Der Wunderhund. Aus dem Englischen von Angelika Feilhauer. Mit vielen Zeichnungen von Anne Wilsdorf. Diogenes Kinder Klassiker

● Janosch
Das große Buch der Kinderreime
Der Froschkönig
Herr Korbes will Klein Hühnchen küssen
Diogenes Kinder Klassiker

Die Fiedelgrille und der Maulwurf
Diogenes Kinder Klassiker
Ich mach dich gesund, sagte der Bär
Der alte Mann und der Bär
Diogenes Kinder Klassiker
Janoschs Entenbibliothek. 4 Bändchen
Hallo Schiff Pyjamahose
Das tapfere Schneiderlein
Rasputin. Das Riesenbuch vom Vaterbär
Guten Tag, kleines Schweinchen
Das Lumpengesindel
Alle meine Enten von A – Z
Schimanzki. Die Kraft der inneren Maus

● Das große Märchenbuch
Die hundert schönsten Märchen aus Europa. Gesammelt von Christian Strich. Mit über 600 Bildern von Tatjana Hauptmann

● Annette Murschetz
Katzenjammer und Katzenglück

● Luis Murschetz
Der Maulwurf Grabowski
Der Hamster Radel
Der dicke Karpfen Kilobald
Die Theaterhasen

● Beatrix Potter
Die Geschichte von Peter Hase
Die Geschichte von den beiden bösen Mäusen
Die Geschichte von Stoffel Kätzchen
Die Geschichte von Schweinchen Schwapp
Die Geschichte von Herrn Gebissig
Die Geschichte von Bernhard Schnauzbart
Die Geschichte von Eichhörnchen Nusper
Die Geschichte von Emma Ententropf
Die Geschichte von Benjamin Kaninchen
Die Geschichte von Feuchtel Fischer
Die Geschichte von den Flopsi Kaninchen
Die Geschichte von Frau Tupfelmaus
Die Geschichte von Frau Igelischen
Die Geschichte von Fritz Zehenspitz
Die Geschichte von Hans Hausmaus
Aus dem Englischen von Claudia Schmölders und Dorothee Asendorf. Alle Diogenes Kinder Klassiker
Die gesammelten Abenteuer von Peter Hase. Der Band enthält die Geschichten von Peter Hase, Benjamin Kaninchen, den Flopsi Kaninchen und von Herrn Gebissig. Deutsch von Claudia Schmölders

● Gisela Radowitz & Helme Heine
Der doppelte Weihnachtsmann. Eine halbwahre Geschichte von Gisela Radowitz. Mit farbigen Bildern von Helme Heine

● Sempé/Goscinny
Der kleine Nick
Der kleine Nick und seine Bande
Der kleine Nick und die Schule
Der kleine Nick und die Ferien
Der kleine Nick und die Mädchen
Alle aus dem Französischen von Hans-Georg Lenzen. Alle Diogenes Kinder Klassiker

● Richard Scarry
Mein allergrößtes Wörterbuch. Aus dem Amerikanischen von Dorothee Asendorf

● Maurice Sendak
Wo die wilden Kerle wohnen. Aus dem Amerikanischen von Claudia Schmölders
Higgelti Piggelti Pop oder Es muß im Leben mehr als alles geben. Deutsch von Hildegard Krahé
Die Mini-Bibliothek. 4 Bändchen. Deutsche Verse von Hans Manz
Hektor Protektor und Als ich über den Ozean kam. Deutsch von Hans Manz
In der Nachtküche. Deutsch von Hans Manz
König Drosselbart. Ein Märchen der Brüder Grimm. Diogenes Kinder Klassiker
Der Zwerg Nase. Ein Märchen von Wilhelm Hauff. Diogenes Kinder Klassiker
Der Greif und der jüngste der Domherren
Geschichte von Frank R. Stockton. Deutsch von Käthe Recheis
Diogenes Kinder Klassiker
Fidel Feldmaus. Geschichte von Jan Wahl. Deutsch von Antje Friedrichs
Diogenes Kinder Klassiker
Das Schild an Rosis Tür. Deutsch von Ute Haffmans. Diogenes Kinder Klassiker
Ein lieber böser Köter. Geschichte von Maurice Sendak und Matthew Margolis. Deutsch von Lili-Ann Bork und Ute Haffmans
Ein Loch ist, was man gräbt. Texte von Ruth Krauss. Deutsch von Werner Mintosch und Alfons Barth. Diogenes Kinder Klassiker
Als Papa fort war

● Philip Sendak & Maurice Sendak
In Großvaters Haus. Geschichte von Philip Sendak. Aus dem Amerikanischen von Barbara Henninges. Mit Bildern von Maurice Sendak

● Johanna Spyri
Heidis Lehr- und Wanderjahre.
Mit vielen farbigen und schwarzweißen Zeichnungen von Tomi Ungerer
Heidi kann brauchen, was es gelernt hat
Mit vielen farbigen und schwarzweißen Zeichnungen von Tomi Ungerer

● H. U. Steger
Reise nach Tripiti
Wenn Kubaki kommt

● William Steig
Kaleb & Käthe. Aus dem Amerikanischen von Anna von Carmer-Klett
Tiffky Duffky. Deutsch von Ute Haffmans

● Uwe Timm
Die Zugmaus. Mit vielen bunten und schwarzweißen Zeichnungen von Tatjana Hauptmann. Diogenes Kinder Klassiker

● Hans Traxler
Der mächtige Max. Geschichte von Peter Knorr

● Tomi Ungerer
Crictor, die gute Schlange. Aus dem Amerikanischen von Hans Ulrik
Die drei Räuber. Deutsch von Tilde Michels
Der Mondmann. Deutsch von Elisabeth Schnack
Zeraldas Riese. Deutsch von Anna von Cramer-Klett
Der Bauer und der Esel. Geschichte nach J. P. Hebel von Jean B. Showalter. Deutsch von Anna von Cramer-Klett
Der Zauberlehrling. Geschichte nach J. W. v. Goethe von Barbara Hazen. Deutsch von Hans Manz
Der Hut. Deutsch von Claudia Schmölders
Das Biest des Monsieur Racine. Deutsch von Hans Manz
Papa Schnapp und seine noch-nie-dagewesenen Geschichten. Deutsch von Anna von Cramer-Klett
Allumette. Deutsch von Anna von Cramer-Klett
Kein Kuß für Mutter. Deutsch von Anna von Cramer-Klett. Diogenes Kinder Klassiker
Tomi Ungerers Märchenbuch. Märchen von Hans Christian Andersen, den Brüdern Grimm, Jay Williams, Tomi Ungerer u.a. Deutsch von Hans-Georg Lenzen, Gerd Haffmans und Hans Wollschläger
Kleopatra fährt Schlitten. Geschichte von André Hodeir. Deutsch von Anna von Cramer-Klett
Das große Liederbuch. Herausgegeben von Anne Diekmann, unter Mitarbeit von Willi Gohl

● Friedrich Karl Waechter
Die Bauern im Brunnen
Kiebich und Dutz
Die Reise
Die Mondtücher

● E. B. White
Klein-Stuart. Aus dem Amerikanischen von Ute Haffmans. Diogenes Kinder Klassiker

● Anne Wilsdorf
Die Riesin. Aus dem Französischen von Ludwig Harig und Irene Riesen
Jack und die Bohnenranke. Ein Märchen von Joseph Jacobs. Mit 36 Bildern von Anne Wilsdorf

● Christine Wilsdorf
Petunia das Wetterhuhn. Aus dem Französischen von Thomas Bodmer

● Tony Wolf & Peter Holeinone
Das große Buch der Abenteuer. Eine fantastische Reise. Geschichte von Peter Holeinone. Aus dem Italienischen von Renate Heimbucher-Bengs. Mit Bildern von Tony Wolf

● Reiner Zimnik
Pasteten im Schnee. Geschichte von Beatrice Schenk de Regniers. Aus dem Amerikanischen von Tilde Michels. Diogenes Kinder Klassiker
Die Geschichte vom Käuzchen. Mit Hanne Axmann
Der Bär auf dem Motorrad
Bills Ballonfahrt